Die Burg von Mykene

Alte Kulturen am Mittelmeer

Illustrationen
von Jörn Hennig

Detlef Rößler

Mykene

Burg des Agamemnon

Der Kinderbuchverlag
Berlin

Goldscheibe aus einem Schachtgrab auf der Burg von Mykene (Durchmesser 6,6 cm, 16. Jh. v. Chr.). Die Scheibe ist aus dünnem Goldblech geschnitten. Das eingestempelte Muster zeigt einen stilisierten Schmetterling.

Mykene. Ein kleiner Ort auf der Halbinsel Peloponnes im Süden Griechenlands hat einem ganzen Zeitalter seinen Namen gegeben. Heute ist er eine Ruinenstätte. Doch vor mehr als dreitausend Jahren erhob sich auf dem flachen Hügel eine gewaltige Burg. Hier soll König Agamemnon gelebt haben, der Führer des Griechenheeres im Krieg gegen die kleinasiatische Stadt Troja.

Die mykenische Epoche war die Heldenzeit Griechenlands. Zahlreiche Sagen berichten von ihr. Viele davon sind uns in der »Ilias« und der »Odyssee« überliefert, zwei großen Verserzählungen, die die Griechen ihrem berühmten Dichter Homer zuschrieben.

Aber was ist wahr an diesen Geschichten?

Im vergangenen Jahrhundert kamen Ausgräber den Vorfahren der Griechen auf die Spur. Sie erforschten nicht nur Mykene und Troja. An verschiedenen Orten im Lande standen – lange vor der Blütezeit Athens, Spartas und der anderen griechischen Stadtstaaten – ähnliche Burgen mit wehrhaften Mauern.

Mächtige Fürsten beherrschten von solchen Festungen aus das umliegende Gebiet. Sie häuften Schätze von Gold, Silber und kostbaren Steinen an. Ihren Reichtum schufen hart arbeitende Bauern, kunstfertige Handwerker und geschäftstüchtige Kaufleute. Mykenische Produkte waren begehrt im ganzen östlichen Mittelmeerraum.

Wie die Arbeit, so gehörten zum Leben der Menschen in jener Zeit der Dienst für die Götter und die Sorge um die Verstorbenen. Die in der Natur wirkenden geheimnisvollen Mächte ehrten sie mit Gebeten und Opfern. Ihre vornehmen Toten begruben sie in reich ausgestatteten Gräbern.

Rund vierhundert Jahre, vom 16. bis zum 13. Jahrhundert v. Chr., blühte die mykenische Kultur. Zum ersten Mal trat Griechenland ins Licht der Geschichte.

Bildnis des Homer. Römische Marmorkopie nach einem griechischen Original (Anfang des 4. Jh. v. Chr.). Rund 300 Jahre nach dem Tode Homers schuf ein griechischer Künstler dieses Bildnis. Das wirkliche Aussehen des Dichters war ihm nicht bekannt, so gestaltete er die Gesichtszüge nach seiner Vorstellung. Die geschlossenen Augen deuten Blindheit an.

Auf der Suche nach einer versunkenen Kultur

Berichte vom Zorn, o Muse, des Peleussohnes Achilleus,
vom Zorn, der vor Troja den Griechen unendliche Leiden
gebracht hat!
Viel tapfere Helden verloren um seinetwillen das Leben.
Den Vögeln und Hunden zum Raub bedeckten die
Leichen das Schlachtfeld.
So war es der Wille der Götter …

Das Lied des blinden Sängers

Die ersten Verse des Heldenliedes sind verklungen. Kaum einer der Zuhörer hätte dem blinden, schon längst nicht mehr jungen Sänger eine so kräftige Stimme zugetraut. Unter dem rauchgeschwärzten Holzdach steht er, nahe beim Herd in der Mitte des Raumes. In der Linken hält er sein Saiteninstrument, die Phorminx, und schlägt ab und zu einen volltönenden Akkord an. Rings an den Lehmwänden sitzen Bauern von den umliegenden Dörfern und Handwerker aus der Nachbarschaft des Herrenhofes. Gespannt lauschen sie der Erzählung vom zehn Jahre währenden blutigen Kampf um Troja. Der sie vorträgt, Dichter und Sänger zugleich, heißt Homeros, kommt fern aus dem Osten, von der Küste Kleinasiens, und übertrifft alle anderen Vertreter seines Standes an Können und an Ruhm.
Er berichtet von Siegen und Niederlagen, von Mut und Verzweiflung seiner Helden, von List und Verrat. »Achäer« nennt er die Fürsten und ihr Gefolge, die in sagenumwobener Vorzeit hinüber nach Kleinasien vor die mächtige Stadt des Priamos zogen, um den Raub der schönen sparta-

nischen Königin Helena zu rächen. Stolze Burgen sollen ihre Herrschersitze gewesen sein, und wahrscheinlich hat mancher der Zuhörer schon Ruinen von Festungen aus jener Zeit gesehen: in Mykene oder Tiryns und, falls er noch weiter herumgekommen ist, vielleicht auch in Athen oder Theben.
Atemlos lauschen die Menschen im Saal und merken kaum, wie Stunde um Stunde vergeht ...
So mag es sich zugetragen haben in Griechenland, irgendwo im Norden der Peloponnes, an einem Tag gegen Ende des 8. Jahrhunderts v. Chr., in einer Epoche, die man manchmal die »dunkle« nennt. Dunkel, denn nur weniges ist uns geblieben an Zeugnissen und Überlieferungen aus dieser Zeit, als die Griechen erst begannen, ihre Städte zu gründen und ihre steinernen Tempel zu bauen. Geblieben aber sind die Dichtungen des Homeros oder, wie wir sagen, des Homer, aufgeschrieben lange nach seinem Tod und dann weitergegeben von Generation zu Generation bis auf den heutigen Tag.

Goldbecher aus einem Schachtgrab auf der Burg von Mykene (Höhe ohne Henkel 12,6 cm, 16. Jh. v. Chr.). Neben reich verzierten Tassen und Bechern benutzten die mykenischen Fürsten auch schmucklose Trinkgefäße, die allein durch die Kostbarkeit des Materials und die Eleganz der Form wirkten.

Ein Traum wird Wirklichkeit

Der Schatz des Priamos! Wie gebannt starrt Heinrich Schliemann auf die goldglänzenden Gefäße und Schmuckstücke, die soeben zwischen zwei mächtigen Feldsteinen am Fuß der Festungsmauer sichtbar geworden sind. Das kann nur der Besitz eines Königs sein!
Seit drei Jahren ist der 51jährige Ausgräber auf der Suche nach der versunkenen Stadt Troja. Die notwendigen Kenntnisse hat er sich mit großer Zähigkeit selbst erarbeitet. Denn Schliemann ist kein »gelernter« Altertumswissenschaftler.

Heinrich Schliemann (1822–1890). Das Porträt zeigt den Forscher im Alter von etwa 50 Jahren, also zu der Zeit, als er Troja entdeckte.

Als Sohn eines mecklenburgischen Dorfpfarrers brachte er es schon in jungen Jahren durch erfolgreiche Großhandelsgeschäfte zu einem ansehnlichen Vermögen. Aber der wirtschaftliche Erfolg befriedigte ihn nicht. Schliemann kennt nur noch ein einziges Ziel: Den Helden Homers muß er auf die Spur kommen!

Unglaublich rasch hat er mehrere Sprachen gelernt, mit Feuereifer die Schriftquellen des Altertums studiert. Leiten läßt er sich bei seiner Suche allein von den Worten Homers. Die haben ihn hierher geführt, in den Nordwesten der kleinasiatischen Halbinsel, auf den Hügel von Hissarlik. Schon als er zu graben begann, war er überzeugt: Nur an dieser Stelle kann der Ort zu finden sein, wo einst Trojaner und Achäer ihren erbitterten Kampf ausgefochten haben. Nun meint er, den letzten Beweis vor sich zu sehen, den Goldschatz des Königs Priamos. Sein Traum ist in Erfüllung gegangen. Nie wird er diese Frühsommertage des Jahres 1873 vergessen!

Zufrieden aber gibt sich der ehrgeizige Mann noch nicht. Im Gegenteil, der Erfolg reizt ihn zu neuen Unternehmungen. Sollte, was in Troja gelang, nicht auch anderswo möglich sein? Warum zum Beispiel nicht in Agamemnons Heimat? So beginnt Schliemann nach weiteren drei Jahren in Mykene zu graben. Diese Stadt muß er nicht erst suchen, ihre Ruinen sind sichtbar und seit langem bekannt. Aber noch keinem ist es gelungen, das Grab des mächtigen Königs aufzuspüren. Denn niemand hat, so meint Schliemann, die alten Schriften richtig gelesen.

Wie er sich vorher, bei der Suche nach Troja, auf Homer verließ, so folgt er jetzt Pausanias, dem griechischen Reiseschriftsteller aus dem 2. Jahrhundert n. Chr. Der hat Agamemnons Grab noch gesehen und seine Lage beschrieben.

Im Inneren der Festungsmauer muß man suchen und nicht in der Unterstadt, wie die meisten Gelehrten behaupten.
Und wirklich, das Glück bleibt dem ungewöhnlichen Forscher treu. Er stößt auf mehrere Gräber mit überreichen Goldbeigaben, offensichtlich königliche Bestattungen. Keinen Augenblick zweifelt Schliemann daran, daß er die Gebeine Agamemnons und seiner Gefährten gefunden hat. Ist nicht alles so, wie es die alten Schriften berichten? Mehrere Tote in einem gemeinsamen Grab – gewiß sind sie gleichzeitig gestorben und an ein und demselben Tag unter die Erde gebracht worden. In fünf Gräbern, steht geschrieben, wurden Agamemnon und die Seinen beigesetzt – genau fünf Gräber hat Schliemann gefunden.
Doch damit noch nicht genug. Aus einigen Gräbern kommen mehrere goldene Masken ans Licht. So unterschiedlich sind die in das dünne Metallblech eingepreßten Gesichtszüge, daß Schliemann überzeugt ist: Es muß sich um Bildnisse der Bestatteten handeln, um die ältesten bis dahin bekannten Porträts! Und liegt es nicht nahe, anzunehmen, daß eine der Masken einst das Antlitz des toten Königs Agamemnon bedeckte?
Des toten? Des ermordeten Königs! Schliemann kennt die Erzählungen vom Tod Agamemnons genau. Nach langen Jahren endlich heimgekehrt, fiel der Sieger von Troja einem Anschlag seiner Gemahlin Klytaimestra und ihres Geliebten Aigisthos zum Opfer. Im Bad wurde er erschlagen oder beim Gastmahl; die Dichter des Altertums sind sich da nicht ganz einig. Agamemnon selbst hatte den Haß seiner Frau auf sich gezogen, als er beim Auszug des Griechenheeres die eigene Tochter auf dem Brandaltar opferte. So wollte er die unsichtbaren Mächte versöhnen, damit sie der Flotte den Wind für die Überfahrt nicht länger versagten. Durch das

Telegramm Heinrich Schliemanns an den griechischen König:

»Seiner Majestät König Georg der Hellenen, Athen.
Mit unendlicher Freude teile ich Eurer Majestät mit, daß ich die Gräber gefunden habe, die die durch Pausanias vertretene Tradition als die Grabstätten Agamemnons, Kassandras, Eurymedons und ihrer Begleiter bezeichnet, die alle während der Mahlzeit von Klytaimestra und ihrem Liebhaber Aigisthos ermordet wurden. Die Gräber waren von einem doppelten Plattenring umgeben, der nur zu Ehren der genannten großen Persönlichkeiten errichtet gewesen sein kann. In den Gräbern habe ich ungeheure Schätze an archaischen Gegenständen aus reinem Gold gefunden. Diese Schätze allein genügen, ein großes Museum zu füllen, das das wundervollste der Welt sein wird und im Laufe der künftigen Jahrhunderte Tausende von Fremden aus allen Ländern nach Griechenland ziehen wird. Da ich nur aus reiner Liebe zur Wissenschaft arbeite, erhebe ich natürlich keine Ansprüche auf diese Schätze, die ich mit lebhaftem Enthusiasmus vollständig an Griechenland übergebe. Gebe Gott, daß diese Schätze den Grundstein eines ungeheuren Nationalreichtums bilden.

Mykene, 16. November 1876
Heinrich Schliemann«

Sogenannte Agamemnon-Maske (Höhe 26 cm, 16. Jh. v. Chr.). Diese goldene Totenmaske fand Heinrich Schliemann im Schachtgrab 5 auf der Burg von Mykene. In seinem Bericht über die Ausgrabungen schrieb er: »Die Masken sind von getriebener Arbeit, und gewiß wird niemand zweifeln, daß sie die Porträts der Verstorbenen darstellen, deren Gesichter sie seit Jahrtausenden bedecken.«

Eingreifen der Göttin Artemis war das Mädchen damals gerettet worden. Aber das konnte Klytaimestra nicht wissen. Sie mußte Agamemnon für den Mörder ihrer Tochter halten und nahm eine schreckliche Rache …
Verständlich, daß Schliemann von tiefer Bewegung erfaßt wird, da er nun am Grab des unglückseligen Königs zu stehen glaubt. Auch diesmal hat er gefunden, was er suchte. Aber hatte er das wirklich?

Entdeckung einer Epoche

Schon bald kamen Zweifel auf: Gehörte der Schatz von Troja wirklich einst dem König Priamos, der zur Zeit des großen Krieges dort geherrscht haben soll? Waren die Gräber von Mykene tatsächlich die des Agamemnon und seiner Begleiter? Schnell wurde offenkundig: Schliemann hatte in Troja an der Schicht aus der Zeit der homerischen Helden »vorbeigegraben«. Und auch die Königsgräber entstammten einem wesentlich älteren Geschichtsabschnitt als dem, von welchem die Dichtungen erzählen.
Doch deshalb sind Schliemanns Entdeckungen keineswegs weniger bedeutend. Ähnlich wie Kolumbus, der vierhundert Jahre vorher den westlichen Seeweg nach Indien gesucht und statt dessen einen unbekannten Erdteil, Amerika, gefunden hatte, so verfehlte er zwar die Spuren der Helden Homers, brachte dafür aber die ersten Zeugnisse einer noch älteren, reichen Kultur ans Licht.
Bald folgten weitere Ausgrabungen, und Schritt um Schritt fügten sich deren Ergebnisse zu einem immer deutlicheren Bild zusammen. Zum Bild eines Zeitalters, das bis dahin nur aus sagenhaften Überlieferungen bekannt war.

Seit 1884 grub Schliemann in Tiryns. Auf einem Hügel nahe der Meeresküste ragte hier einst eine starke Festung auf, nur wenige Kilometer entfernt von der Burg von Mykene. Wer Tiryns besaß, konnte die Landung feindlicher Truppen am flachen Strand und ihr Vordringen ins Landesinnere verhindern.
Burgen standen auch auf der Akropolis von Athen, in Theben, Orchomenos und an anderen Orten. Die führende Rolle jedoch hatte Mykene inne. Deshalb sprechen wir heute nur noch selten von »Achäern« wie Homer, sondern meist von Mykenern und meinen damit alle Bewohner Griechenlands in jener Zeit. Woher aber kamen die Mykener?
Von den Anfängen dieses Volkes wissen wir nicht viel. Wahrscheinlich wanderten einige Gruppen seiner Vorfahren zu Beginn des 2. Jahrtausends v. Chr. auf die südliche Balkanhalbinsel ein. Sie zerstörten einen Teil der Siedlungen in diesem Gebiet und wurden selbst seßhaft. Der ersten Einwanderungswelle folgten weitere. Allmählich vermischten sich die Neuankömmlinge mit der einheimischen Bevölkerung, und es entstand ein den späteren Griechen stammverwandtes Volk, eben die Achäer oder Mykener.
Noch vor der Mitte des 2. Jahrtausends v. Chr. hatten sich die Mykener in ihrer neuen Heimat endgültig »eingerichtet«. Die größeren Ansiedlungen wurden zu Herrschaftszentren mit einem Fürsten an der Spitze. Im 16. Jahrhundert erstreckte sich deren Befehlsgewalt bereits über das ganze griechische Festland. Ihren Einfluß auch auf die umliegenden Inseln und Küstengebiete auszudehnen blieb ihnen zunächst jedoch verwehrt. Denn noch gab es eine Macht, die dem Vordringen der Mykener Schranken setzte.

Goldenes Schminkgefäß aus einem Schachtgrab auf der Burg von Mykene (Höhe ohne Henkel 12,2 cm, 16. Jh. v. Chr.). Der flache Deckel ist durch einen Bügel aus Golddraht befestigt.

Goldbecher aus dem Kuppelgrab von Vaphio (Höhe etwa 8 cm, um 1500 v. Chr.). Er wurde zusammen mit einem gleichartig gestalteten Goldbecher in dem südpeloponnesischen Grab gefunden. Beide Gefäße zeigen in Treibarbeit ausgeführte, sehr lebendige Szenen vom Fang wilder Stiere. Sie sind wahrscheinlich Werke eines kretischen Künstlers.

Großes Vorbild Kreta

Auf der Insel Kreta, rund hundert Kilometer von der Südspitze der Peloponnes entfernt im Mittelmeer gelegen, hatte sich schon Jahrhunderte vorher eine blühende Kultur herausgebildet. In Knossos, Phaistos, Mallia und an anderen Orten dehnten sich weiträumige Palastanlagen. Auf den Meeren blinkten die Segel kretischer Schiffe, und Händler aus dem Inselreich brachten Erzeugnisse des heimatlichen Handwerks bis zu den Küsten Ägyptens, Syriens, Kleinasiens und Griechenlands.

Für die Mykener waren die Bewohner Kretas, die man nach einem sagenhaften König der Frühzeit auch Minoer nennt, die großen Lehrmeister. Kretische Künstler kamen in die griechischen Siedlungszentren, arbeiteten für die mykenischen Herren, und die einheimischen Handwerker bemühten sich, den Fremden die Geheimnisse ihrer Kunst abzuschauen.

Auch in umgekehrter Richtung verliefen die Reiserouten. In den Häfen Kretas gingen mykenische Schiffe vor Anker. Manch einer von den Vorfahren Agamemnons mag staunend im großen Zentralhof des Palastes von Knossos gestanden oder die Wandmalereien des Thronsaals bewundert haben. In einem so großzügig angelegten Herrschersitz wollte er gleichfalls wohnen, mit ähnlicher Pracht sich umgeben!

Jahrhundertelang lebten die beiden Völker friedlich nebeneinander und zogen ihren Nutzen daraus. Aber die mykenischen Fürsten vergrößerten ihre Macht, und schließlich fühlten sie sich stark genug, selbst die Führungsrolle zu übernehmen. Wahrscheinlich landeten um die Mitte des 15. Jahrhunderts v. Chr. mykenische Schiffe vor der Küste

Kretas. Die Ankömmlinge ließen sich in Knossos nieder und beherrschten schließlich die ganze Insel.
So ging die minoische Vorherrschaft im östlichen Mittelmeerraum zu Ende. Nicht zu Ende war jedoch der Einfluß, den das alte Kulturvolk auf seine Nachbarn im Norden und jetzigen Herren ausübte. Die Mykener begannen, ihre Verwaltung nach dem Muster der kretischen Palastwirtschaften zu organisieren. Auch minoische Gottheiten und ihre Kulte wurden auf dem Festland heimisch.
Und dennoch waren die mykenischen Griechen niemals bloße Nachahmer der Kreter. Ihre Lebensweise unterschied sich in vielem von den Sitten und Gebräuchen der Inselbewohner. Kaum irgendwo sonst zeigt sich das so deutlich wie in der äußeren Anlage der Fürstensitze. Auf dem Festland lebte man nicht so sicher wie die Kreter zur Zeit ihrer höchsten Machtentfaltung auf der rings vom Meer umschlossenen Insel. Deshalb umgaben die Mykener ihre Paläste mit starken Mauern, bauten sie zu trutzigen Burgen aus. Eine der gewaltigsten war Mykene, die Burg Agamemnons.

Goldtasse aus einem Schachtgrab auf der Burg von Mykene (Höhe ohne Henkel 11 cm, 16. Jh. v. Chr.). Das Trinkgefäß ist aus starkem Goldblech getrieben. Zwei »endlose« Spiralmuster schmücken die Gefäßwand. Die Mykener übernahmen das Spiralmotiv wie die meisten Ornamente aus der kretischen Kunst.

Tiefe Goldschale aus Mykene (Höhe 13,5 cm, um 1400 v. Chr.). Gefäßkörper und Fuß wurden einzeln aus Goldblech getrieben und durch Nieten miteinander verbunden. Die gegossenen massiven Henkel enden in Hundeköpfen (siehe auch Ausschnitt unten).

Agamemnons Burg

Wild und zerklüftet ist die Nordostküste der Peloponnes. Viele Kilometer weit schiebt sich von Süden her der Argivische Meerbusen ins Land hinein und trennt die Halbinsel Argolis von den Ufern Lakoniens. An der Spitze der Bucht erstreckt sich, rings durch Berge eingeschlossen, die Ebene von Argos. Es ist ein kärglicher Landstrich, teils sumpfig, zumeist aber trocken und unfruchtbar. Das »dürstende Argos«, sagt Homer.

Im Norden wird die Ebene von einem flachen, felsigen Bergplateau begrenzt. Die Natur scheint den Platz zur Verteidigung geschaffen zu haben. Auf zwei Seiten von tiefen Schluchten umgeben, im Rücken gedeckt durch den mächtigen Kegel des Elias-Berges, senkt sich das Gelände leicht nach Südwesten und bildet dort einen begehbaren, aber gut zu bewachenden Zugang. Hier erhob sich einst die Burg von Mykene, und noch heute künden Reste gewaltiger Mauern von der Macht ihrer Besitzer.

Mauern, von Riesen gebaut

Mehr als dreitausend Jahre sind vergangen, seit die Festung in Schutt und Asche sank. In dieser langen Zeit standen immer wieder Besucher staunend am Fuße der Ruinen: Wie konnten Menschen jemals solche ungeheuren Steine aufeinandergetürmt haben? Für die Nachkommen der Mykener, die Griechen des Altertums, stand fest: Sterbliche hätten dies nie und nimmer vermocht, der Bau mußte das Werk von Riesen sein. Und sie wußten auch eine Sage von der Gründung Mykenes zu erzählen:

Als mit göttlicher Hilfe der Held Perseus das schreckliche Ungeheuer Medusa getötet hatte, kehrte er zurück in seine Heimat Argolis. Ihn begleiteten die wilden Kyklopen, einäugige Riesen von gewaltiger Kraft. Nach manchen Abenteuern wurde Perseus König des Landes, und die Kyklopen bauten ihm mit bloßen Händen eine gigantische Burg.
Drei Generationen lang herrschten Perseus und seine Familie über Mykene, dann folgten ihnen Atreus und dessen Verwandte, darunter sein Sohn, der mächtige Fürst Agamemnon. Den Namen ihrer sagenhaften Erbauer aber hat die Burg behalten. Die Griechen nannten sie »Stadt der Kyklopen«, und als »kyklopisch« bezeichnen wir die Bauweise ihrer Mauern noch heute.
Soweit die Sage. Wer aber mögen die »Riesen« gewesen sein, die das erstaunliche Werk tatsächlich vollbrachten?
Wahrscheinlich war der Hügel von Mykene schon besiedelt, als zu Beginn des 2. Jahrtausends v. Chr. die ersten Einwanderergruppen aus dem Norden in der Argolis ankamen. Die Eroberer erkannten die günstige Lage des Ortes. Sie vertrieben die Bewohner und ließen sich selbst auf dem Berg nieder.
Die Häuser der neuen Siedler waren zunächst sehr einfach. Nur dem Anführer errichtete man eine aufwendigere Wohnung. Sie hatte eine Form, die die Griechen später »Megaron« nannten: ein rechteckiger, von Lehmwänden umgebener Raum mit einem breiten, in den Fußboden eingelassenen Herd in der Mitte. Vor dem Eingang erstreckte sich eine offene, von zwei Holzsäulen gestützte Vorhalle.
An einigen gefährdeten Stellen schützten die Bewohner ihre Siedlung durch Wälle aus Geröll und Feldsteinen. Viel Aufwand war dafür nicht notwendig, der Platz schien sicher genug. Doch das sollte sich ändern.

Die Herrscher von Mykene
Die Sage berichtet von 9 Königen, die nacheinander in Mykene geherrscht haben sollen. Dem ersten König, Perseus, wurde – wie oft den Stammvätern von Fürstengeschlechtern – göttliche Herkunft nachgesagt. Mit dem fünften König, Atreus, kam eine neue Familie, die Atriden, zur Macht:

Perseus, Sohn des Zeus
↓
Elektryon, Sohn des Perseus
↓
Sthenelos, Sohn des Perseus
↓
Eurystheus, Sohn des Sthenelos
↓
Atreus, Sohn des Pelops
↓
Thyestes, Sohn des Pelops
↓
Agamemnon, Sohn des Atreus
↓
Orestes, Sohn des Agamemnon
↓
Teisamenos, Sohn des Orestes

Zugang zur unterirdischen Zisterne auf der Burg von Mykene (um 1200 v. Chr.). Gegen Ende des 13. Jh. v. Chr. wurde die Macht der Herren von Mykene zunehmend durch Angriffe von außen gefährdet. Um die Versorgung der Burg auch bei einer länger andauernden Belagerung zu sichern, ließen sie einige Meter außerhalb der Befestigung einen unterirdischen Wasserspeicher anlegen. Er war nur von innen durch eine kleine Pforte in der nördlichen Burgmauer und über mehrere Treppen zu erreichen.

Zunächst wandelte sich das Zusammenleben innerhalb der Gemeinschaft. Die Anführer, die das Megaron bewohnten, gewannen immer größere Macht. Sie zwangen die Bevölkerung der Umgebung in die Botmäßigkeit. Aus den Stammesführern wurden Fürsten.

Dann begannen die Fürsten von Mykene, ihre Herrschaft weiter auszudehnen. Dabei gerieten sie in Konflikt mit benachbarten Burgherren. Es gelang ihnen, die nahe gelegene Festung Tiryns zu erobern. Nach und nach mußten die anderen Fürsten im Lande ihre Oberhoheit anerkennen. So waren es wohl die Herren von Mykene, die um die Mitte des 15. Jahrhunderts v. Chr. auch im kretischen Knossos die Macht übernahmen.

Auf ihrer heimatlichen Burg entfalteten sie indessen eine rege Bautätigkeit. Immer neue Gebäude wurden errichtet, bis sich auf dem Gipfel des Berges ein glanzvoller Palast erhob.

Die Fürsten von Mykene konnten sich ihrer Macht aber keineswegs sicher sein. Der Reichtum, den sie in ihren Schatzkammern anhäuften, erregte den Neid der Nachbarn. Und die Bevölkerung im Lande? Sie fügte sich nur widerwillig in die drückende Abhängigkeit. Würde sie es wagen, gegen ihre Herren aufzubegehren? Das mußte verhindert werden. Am besten durch den Bau einer uneinnehmbaren Befestigung. Gewaltiger sollte sie sein als alles bisher Dagewesene!

Und so geschah es. Alle Bewohner der Siedlung, die nur irgendwie von ihren Aufgaben in Landwirtschaft, Handwerk oder Handel abkömmlich waren, wurden zur Arbeit herangezogen. Riesige Kalksteinblöcke mußten sie aus den Felsen der Umgebung brechen. Unter unvorstellbaren Mühen rollte, wälzte und schob man die Steine bis zur Bau-

Zu Homers Zeit machte man sich von der Pracht mykenischer Paläste ein märchenhaftes Bild. So schildert der Dichter in der »Odyssee« das Haus eines Fürsten:

»Gleich den Strahlen der Sonne und gleich
dem Schimmer des Mondes
leuchtete glänzend der hohe Palast des
mutigen Königs.
Wände, fest wie aus Erz, auf beiden Seiten
des Eingangs
streckten sich weit und darüber ein Fries
aus bläulichem Glasfluß.
Goldene Türen verschlossen die inneren
Räume des Hauses.
Silberne Pfosten erhoben sich über der
Schwelle aus Bronze.
Silbern war auch der Torsims, aus Gold
geschmiedet der Türring.«

stelle. Dabei standen den Arbeitern nur wenige Hilfsmittel zur Verfügung: Stangen, Seile und einfache Holzschlitten. Neunhundert Meter lang sollte die Mauer werden, das gesamte Bergplateau einschließen. Die unterste, fünf bis acht Meter breite Schicht setzte man unmittelbar auf den Felsgrund. Wo das möglich war, wurde das anstehende Gestein in die Befestigung einbezogen. Um die ungefügen, kaum behauenen Blöcke übereinandertürmen zu können, schütteten die Arbeiter rechtwinklig zur Mauertrasse lange Erdrampen auf. In dem Maße, wie der Bau wuchs, mußten die Rampen ständig erhöht und verlängert werden.
Nicht nur schwer war die Arbeit, auch gefährlich. Kam ein Stein auf der Rampe ins Rollen, gab es kein Halten mehr. Wie viele Menschen mögen bei einem solchen Unfall ihr Leben gelassen oder schwere Verletzungen davongetragen haben! Von Glück konnte reden, wer nur leichtere und ungefährliche Arbeiten auszuführen hatte: etwa Lehm und Geröll heranzutragen und damit die Fugen zwischen den Blöcken auszufüllen.
Allmählich wuchs die Mauer. Schicht um Schicht, bis sie eine Höhe von zwölf, vielleicht sogar von zwanzig Metern erreicht hatte. Endlich, nach Jahren, war das »Kyklopenwerk« vollbracht. Der mächtigste Herrscher, der König von Mykene, bewohnte nun auch die gewaltigste Burg im Lande.

Wächter des Tores

Viele Straßen führten nach Mykene. Aus allen Himmelsrichtungen kamen die Besucher: fremde Fürsten, um dem Burgherrn ihre Aufwartung zu machen, Gesandtschaften auswärtiger Mächte, um über Verträge zu verhandeln,

Kaufleute, um Waren aus fernen Ländern anzubieten. Und natürlich die Bewohner des umliegenden Landes, die Abgaben zu bringen, Gesuche vorzutragen oder Aufträge entgegenzunehmen hatten.
Schon von weitem sahen die Ankommenden die Burg auf dem Hügel aufragen. Was für ein mächtiger Herrscher mußte das sein, der in solch einer Festung wohnte!
Zwischen wuchtigen Mauern hindurch führte der Weg zum Eingangstor. Eine zweiflüglige Holztür versperrte den Zutritt, eingefügt in einen Rahmen aus vier riesigen Steinblöcken. Allein der 4,50 Meter lange Deckbalken wog ungefähr zwanzig Tonnen. Um das Gewicht der darauf lastenden Gesteinsmassen zu verringern, hatte man über dem Tor

Das sogenannte Löwentor – Haupttor der Burg von Mykene, um 1250 v. Chr. erbaut

Bronzepfanne aus Asine (Argolis), Durchmesser 10 cm, 14. Jh. v. Chr. Sie wurde als Küchengeschirr oder Öllampe benutzt.

eine dünnere dreieckige Kalksteinplatte in die Mauer eingefügt. In flachem Relief waren zwei Löwinnen aus dem Stein gemeißelt. Hoch aufgerichtet, die Vorderpranken auf den Unterbau einer kleinen Säule gestützt, standen sie da und blickten den Besuchern entgegen. Im Auftrag der Götter bewachten die stärksten der Tiere den Eingang zur Burg von Mykene. Wehe dem Feind, der sich ihr zu nahen wagte!

Wer in friedlicher Absicht kam, durfte das Tor passieren. Auf einem breiten Rampenweg gelangte er hinauf zum Palast. 130 Meter von Osten nach Westen und 80 Meter in nordsüdlicher Richtung erstreckten sich dessen Gebäude. Für jemanden, der zum erstenmal hierherkam, war es sicher nicht leicht, sich in dem Gewirr von Räumen, Korridoren und Höfen zurechtzufinden. Immer wieder mußte er die Richtung wechseln, mehrmals steile Stufen erklimmen. Denn die Bauleute hatten auf dem abschüssigen Gelände mehrere Terrassen angelegt und durch Treppen miteinander verbunden. Auf den künstlichen Stufen des Berges lagen die verschiedenen Gebäudegruppen wie einzelne kleine Paläste neben- und übereinander.

Völlig abgeschlossen waren die Bauarbeiten wohl nie. Ständig wurden ältere Teile der Anlage abgerissen und durch neue, aufwendigere Gebäude ersetzt. Aus großen Quadersteinen, ohne Bindemittel, schichteten die Arbeiter die Wände auf. Ganz so gewaltig wie unten in den Festungsmauern waren die Blöcke freilich nicht, aber immer noch schwer und ungefüge genug. Man schnitt sie mit Hilfe von Bronzesägen aus dem Fels und glättete ihre Oberfläche mit Hammer und Meißel. Auf Brettern und Baumstämmen, Schlitten und Karren zerrten Trupps von Bauleuten die Steine heran. Andere wuchteten sie mit langen Stangen in die richtige Lage. Die Kommandorufe der Vorarbeiter hallten von den engstehenden Mauern wider und mischten sich mit dem Kreischen der Sägen und dem Klirren der Hämmer.

In der Halle des Königs

Der zentrale Bereich des Palastes lag auf einer Terrasse nahe dem Berggipfel. Über mehrere Rampen, Treppen und Korridore führte der Weg zunächst in einen großen Hof. Dieser war auf zwei Seiten von mehrgeschossigen Gebäuden umgeben; nach Süden aber eröffnete sich, über eine niedrige Brüstungsmauer hinweg, ein weiter Blick über die Ebene von Argos bis zur Meeresküste.
Die Ostseite des Hofes nahm das Amtsgebäude des Königs mit dem Audienzsaal ein. Es gehörte zu den ältesten Teilen

Zentraler Hof des Palastes von Tiryns (Rekonstruktion), 14.–13. Jh. v. Chr. Der Hof ist auf drei Seiten von Säulenhallen umgeben, an der vierten (im Hintergrund) befindet sich der Eingang zum Megaron.

Bronzekanne aus Asine (Höhe 17 cm, 14. Jh. v. Chr.). Ein verhältnismäßig kleines, wohl als Tafelgeschirr verwendetes Gefäß. Das Schmuckband verdeckt die Nahtstelle zwischen den beiden getrennt gearbeiteten Teilen der Kanne.

des Palastes und war in der ehrwürdigen Form eines Megarons errichtet. Zwischen zwei Säulen hindurch gelangte man in die Eingangshalle, von dort weiter in einen schmalen Vorraum und schließlich in den annähernd quadratischen Hauptsaal. Dessen Decke spannte sich so weit, daß sie von vier Holzsäulen gestützt werden mußte.

An der Südwand des Saales stand der steinerne Thron des Königs. Hier saß der Herrscher, umgeben von seinen Beamten und Würdenträgern, wenn eine feierliche oder besonders aufwendige Amtshandlung vorzunehmen war. Hier empfing er auch Gesandtschaften, gab festliche Bankette.

Hatten sich Besucher von einem benachbarten Fürstenhof angesagt, dann begannen die Vorbereitungen für ihren Empfang bereits Stunden vor der Ankunft. Rings an den Wänden, auf dem Sockel aus weißem Alabasterstein, wurden Stühle für die Teilnehmer des Festmahls aufgestellt. Davor lange Tische und darauf Körbe mit Weizen- und Gerstenbrot, Teller mit verschiedenen Sorten Käse, Schalen voller Früchte und Gemüse, Platten mit Fischen, Muscheln und Austern, Honigtöpfe und Gewürzständer. Diener trugen Tafeln mit gebratenen, säuberlich zerlegten Fleischstücken herein. In goldenen und silbernen Bechern blinkte der Wein. Auch Bronzekannen und Becken mit klarem Wasser standen bereit, damit die Mägde vor und nach dem Mahl den Teilnehmern die Hände benetzen konnten.

In der Mitte des Raumes, auf dem aus Porosstein gemauerten Herd, loderte ein Feuer. Dort warteten Gaukler und ein Sänger auf ihren Auftritt. Nicht nur essen und trinken sollten die Gäste, sondern sich auch vergnügen und den Liedern von den Taten der Götter und Helden lauschen.

Die Wände im Thronsaal waren von mehreren Fackeln erleuchtet. Schemenhaft ließ das flackernde Licht die Umrisse farbiger Wandmalereien hervortreten: Krieger und Frauen, Pferde und Wagen, der Kampf um einen Palast. Einheimische Künstler, die von kretischen Meistern ausgebildet waren, hatten die Werke vor vielen Jahren geschaffen – ebenso wie die Gemälde und die bunten Fußbodenornamente im Vorraum.

Den Gästen waren die Ehrenplätze zu beiden Seiten des Herrscherthrones vorbehalten. Der König und sein Gefolge erwarteten sie. Die Ankömmlinge sollten empfangen werden, wie es so würdigen Gästen zustand. Und es konnte nicht schaden, wenn sie sich auf dem Weg hierher Zeit ließen und alles ganz genau anschauten. Auch die Wohnhäuser der Vornehmen innerhalb der Burgmauer, die Speicher und die Werkstätten der Hofhandwerker, die Unterkünfte der zahlreichen Dienerschaft. So bekamen sie den rechten Eindruck vom Reichtum und von der Macht des Herrschers von Mykene. Sollten sie ruhig ihrem Herrn nach der Rückkehr davon berichten! Der König von Mykene wußte, was er seinem Ruf schuldig war.

Goldener Schwertgriff aus einem Schachtgrab auf der Burg von Mykene (Rekonstruktion), 16. Jh. v. Chr. Kostbar geschmückte Waffen waren der Stolz der mykenischen Vornehmen.

Goldbecher aus einem Schachtgrab auf der Burg von Mykene – sogenannter Nestor-Becher (Höhe 15 cm, 16. Jh. v. Chr.). Der berühmte Pokal hat eine außergewöhnliche Form. Die auf den Henkeln dargestellten Vögel bewogen Heinrich Schliemann zu einem Vergleich mit dem Becher des Nestor, wie ihn Homer in der »Ilias« beschreibt:

»... auch ein herrlicher Kelch, den der Alte von Pylos sich mitnahm,
ringsum mit goldenen Bucheln besetzt. Er hatte vier Henkel.
Goldene Tauben, jeweils ein Paar an jedem der Henkel,
pickten sich Körner; zwei Stangen als Stützen befanden sich unten.
Mühsam nur konnten die andern den Becher vom Tische bewegen,
war er gefüllt; doch spielend erhob ihn Nestor, der Alte.«

Archive in Ton

Irgendwo an der Westküste der Peloponnes lag die Stadt Pylos. Dort residierte, wie Homer berichtet, in »wohlgebautem Palast« König Nestor.

Als Agamemnon die Achäerfürsten zum Kriegszug nach Troja aufrief, war Nestor schon ein alter Mann. Dennoch kam er mit neunzig Schiffen zum Sammelplatz bei der Insel Aulis. Er muß ein mächtiger Herrscher gewesen sein: Keiner, außer dem Herrn von Mykene, konnte eine größere Flotte aufbieten.

Die Schwäche des Alters hinderte Nestor, mit Lanze und Schwert in die Kämpfe einzugreifen. Aber er hatte vieles erlebt und gesehen; so nützte er dem Griechenheer durch manchen klugen Ratschlag und weise Belehrung. Besonnenheit und Vorsicht waren es auch, die ihn – anders als die meisten der achäischen Helden – nach dem Ende des Krieges rasch und wohlbehalten ins heimatliche Pylos zurückkehren ließen.

Schon im Altertum stritt man sich um die genaue Lage von Nestors einstigem Wohnsitz. Es gab mehrere Orte, die den Namen Pylos trugen. Auch die Gelehrten der Neuzeit waren sich nicht einig. Sie durchforschten die Schriften Homers, suchten mit Hacke und Spaten an verschiedenen Orten. Eine Zeitlang glaubte man, den sagenumwobenen Platz auf einem Ruinenhügel 20 Kilometer südlich von Olympia gefunden zu haben. Da stießen im Jahre 1939 amerikanische und griechische Archäologen beim Dorf Koryphasion, in der Nähe einer gut als Ankerplatz geeigneten Bucht, auf die Reste einer ausgedehnten Palastanlage aus dem 13. Jahrhundert v. Chr. War das Nestors Herrschersitz? Vieles scheint dafür zu sprechen.

Eine Schrift beginnt zu reden

Die Ausgrabung des neuentdeckten Palastes brachte ein überraschendes Ergebnis: Er wies keinerlei Spuren einer Befestigung auf. Ähnlich wie die Herren der kretischen Fürstensitze, müssen sich die Bewohner von Pylos auch ohne den Schutz »kyklopischer« Mauern recht sicher gefühlt haben.

Aufsehen erregte auch der Fund zahlreicher mit Schriftzeichen bedeckter Tontafeln. An verschiedenen Stellen des Palastbezirks kamen sie ans Licht. Ein kleiner Raum barg ein regelrechtes Archiv dieser Dokumente, mehrere hundert Stück. Die Bewohner hatten sie hier einst in Regalen, Holzbehältern und Körben aufbewahrt.

Durch eine gewaltige Feuersbrunst, die den Palast um 1200 v. Chr. vernichtete, waren die Tafeln hart gebrannt worden. Nur dadurch blieben sie über Jahrtausende erhalten. Die Verfasser hatten offenbar keine sehr lange Lebensdauer für ihre Niederschriften vorgesehen. Sie ritzten die Schriftzeichen in den feuchten Ton und trockneten die Tafeln einfach an der Luft.

Unbekannt waren den Forschern derartige Urkunden nicht. Schon vierzig Jahre zuvor hatte man eine große Menge davon im Palast von Knossos auf Kreta gefunden. Auch mehrere Tongefäße aus der Burg von Theben trugen ähnliche Schriftzeichen. Aber allen Mühen zum Trotz war es nicht gelungen, die geheimnisvollen Texte zu entziffern. Der Fund von Pylos erneuerte nun die Hoffnung, daß man das Rätsel eines Tages doch noch lösen könnte. Zumindest wurde immer klarer: Diese Schrift war einst weit über das griechische Festland verbreitet. Sollte es sich also um Aufzeichnungen in der Sprache der Mykener handeln?

Tontafel mit Linear-B-Schrift aus Pylos (um 1200 v. Chr.)

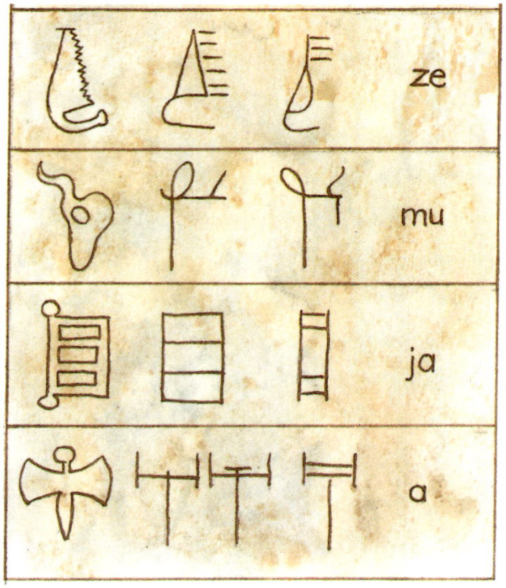

Drei Stadien der Schriftentwicklung. Die Zeichen in der linken Spalte entstammen der altkretischen Bilderschrift, sie sind als Abbildungen bestimmter Gegenstände zu erkennen. Die zweite Spalte zeigt die davon abgeleiteten Zeichen in Linear-A-, die dritte Spalte in Linear-B-Schrift. Die Bilder sind zu vereinfachten Symbolen geworden. Die vierte Spalte gibt den Lautwert der einzelnen Zeichen an.

An eine solche Möglichkeit hatte Sir Arthur Evans, der Ausgräber von Knossos, freilich noch nicht gedacht. Zu Beginn unseres Jahrhunderts unternahm er als erster den Versuch, die Schriftfunde zu deuten. Er hielt ihre Sprache für kretisch, schließlich waren die ihm bekannten Tafeln ja auf der Insel zutage gekommen. Allerdings fielen Evans bereits Unterschiede zwischen den Zeichen auf verschiedenen Tafeln auf. Offensichtlich ließen sich die überlieferten Texte der Schrift nach in zwei Gruppen einteilen. Beide ähnelten einander, waren zweifellos verwandt. Aber die Abweichungen konnte man ebensowenig übersehen. Evans nannte die eine Schrift »Linear A«, die andere »Linear B«. »Linear« deshalb, weil in beiden Fällen die bildhaften Symbole der ältesten kretischen Schriftdenkmäler zumeist durch Zeichen aus einfachen Linien ersetzt sind. Eine solche Schreibweise erleichterte den Verfassern der Tafeln die Arbeit; den modernen Forschern allerdings erschwert sie die Deutung der Texte.

So war es dann doch eine Sensation, als im Jahre 1952 der Engländer Michael Ventris in einem Rundfunkvortrag verkündete: Die Linear-B-Schrift ist entziffert! Nach langer, mühseliger Kleinarbeit war ihm die entscheidende Erkenntnis gekommen: Die Texte sind bereits in einer frühen Form der altgriechischen Sprache abgefaßt.

Sofort setzte unter den Gelehrten ein erbitterter Streit um Ventris' Ergebnisse ein. Endgültig beigelegt sind die Meinungsverschiedenheiten bis heute nicht. Aber in vereintem Bemühen gelang es Forschern aus verschiedenen Ländern, nach und nach den Inhalt vieler Tontafeln zu entschlüsseln. Dabei half der Umstand, daß ein großer Teil der Texte Zahlenangaben enthält. Die Zahlzeichen sind verhältnismäßig leicht zu verstehen, besonders wenn sie in Verbindung mit Bildsymbolen auftreten, etwa Gefäßen, Waffen, Tierköpfen oder »Strichmännchen«. Da konnte man dann mit Sicherheit »übersetzen«: zwei Pferde, fünf Männer und so fort.

Einige Zeichen haben die Schreiber ohne größere Änderungen aus der altkretischen Bilderschrift übernommen. Auch in diesen Fällen steht ein Bild für ein ganzes Wort, und man muß die Darstellung nur richtig deuten, um dessen Sinn zu begreifen.

Die am häufigsten vorkommenden Schriftzeichen aber geben lediglich Silben wieder. Sie bereiten den Forschern am meisten Schwierigkeiten. Etwa 90 solche Silbensymbole hat man bislang gezählt. Für die meisten gibt es inzwischen Entzifferungsvorschläge. Aber viele davon sind noch umstritten, und einige Zeichen kann man vorerst überhaupt nicht erklären.

Sicher ist jedenfalls, daß »Linear B« tatsächlich die Schrift der Mykener war. »Linear A« dagegen wurde nur von den Kretern benutzt. Doch da wir die kretische Sprache nicht kennen, bleiben uns die Linear-A-Texte völlig unverständlich. Entwickelt haben sich beide Schriften aus einer gemeinsamen Wurzel: der altkretischen Bilderschrift.

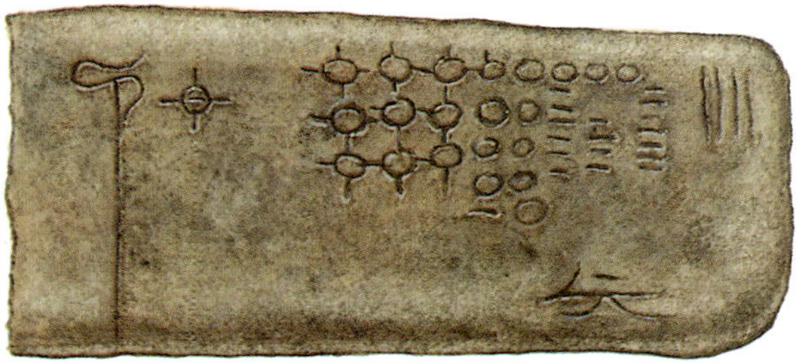

Tontafel mit Zahlzeichen in Linear-B-Schrift. Die Mykener benutzten zum Zählen ein Dezimalsystem. Die einzelnen Zeichen auf dieser Tafel bedeuten:

⊖ = 10 000
⌖ = 1 000
○ = 100
— = 10
| = 1

Also kann man die notierte Zahl folgendermaßen lesen:
1 × 10 000 + 9 × 1 000 + 13 × 100 + 16 × 10 + 4 × 1 = 20 464

Ein Tontafeltext aus Pylos nennt Spenden an eine Gottheit:

»Gerste, Zypergras, Mehl, Oliven, Honig, Feigen, Wein, 1 Ochse, 26 Widder, 6 Mutterschafe, 2 Ziegenböcke, 2 Ziegen, 1 fettes Schwein, 6 Sauen«

Eine andere Tontafel verzeichnet Opfergaben, die dem Gott Poseidon dargebracht wurden:

»Weizen, Wein, Mehl, Käse, Honig, 1 Ochse, 2 Widder, 2 Schaffelle, verschiedene Salben«

Die Macht der Beamten

Die überlieferten Tontafeln enthalten fast ausnahmslos Texte aus der Wirtschaftsverwaltung: Listen, Kataloge, Verzeichnisse. Doch die Texte mögen noch so trocken abgefaßt sein – versteht man sie recht zu deuten, dann vermitteln sie ein anschauliches Bild davon, wie es in einer mykenischen Siedlung zuging.

Das gesamte Leben wurde vom Palast aus gelenkt. Der Fürst, den die Tafeln »wanaka« nennen, war Herr über alle und alles. Ihm gehörte ein großer Teil des Ackerlandes. Er teilte den Untertanen zu, was sie brauchten, und empfing von ihnen, was sie mit ihrer Arbeit geschaffen hatten. Ihm waren sie über ihr Tun und Lassen Rechenschaft schuldig.

Natürlich konnte sich der König nicht um alles selbst kümmern. Dazu hatte er seine Beamten. Unter ihnen gab es mächtige und reiche Herren, einige waren mit dem Fürsten verwandt. Sie galten als Adlige und genossen viele Vorrechte gegenüber der einfachen Bevölkerung.

Jedem der hohen Beamten war ein bestimmtes Aufgabengebiet zugewiesen. Die Tontafeltexte nennen zahlreiche Titel solcher Würdenträger. Einige hatten im Krieg die Truppen zu kommandieren, andere den Dienst für die Götter zu leiten. Wieder andere standen an der Spitze einer Provinz oder waren für die Eintreibung von Abgaben verantwortlich.

Um die vielfältigen alltäglichen Verwaltungsangelegenheiten des Palastes kümmerten sich die Angehörigen der niederen Beamtenschicht. Von ihnen hing in hohem Maße der reibungslose Ablauf von Produktion und Verteilung ab. Was sie aus der übrigen Bevölkerung heraushob, war vor allem ihre Schriftkenntnis. Denn durchaus nicht alle Myke-

ner konnten lesen und schreiben. Angehöriger der Palastverwaltung zu sein, das bedeutete, Einfluß zu haben und ein angenehmeres Leben zu führen als die Bauern und Handwerker.
In den Schreibstuben der Paläste herrschte stets reger Betrieb. Schon vor dem Eingang drängten sich die Besucher. Schreiber saßen an niedrigen Tischen und machten ihre Notizen. Was hatten sie nicht alles zu notieren!
Oft kamen Gruppen von Bauern, um sich Acker- und Weideland zuweisen zu lassen. Genau wurde aufgezeichnet, wieviel jeder einzelne erhielt. Die meisten brauchten auch Saatgut? Aber gewiß doch, unten im Hof würde man es ihnen zumessen. Vorher aber mußte die Menge von den Beamten registriert sein. Manchmal erschienen Dorfbewohner, die ein Waldstück zur Rodung bekommen sollten. Man notierte ihre Namen und den Umfang des Reviers. In einigen Monaten, so wurde ihnen gesagt, hätten sie sich wieder einzufinden und über die geleistete Arbeit Rechenschaft zu geben.
Bronzeschmiede aus den nahe gelegenen Handwerkersiedlungen meldeten sich im Palast, wenn ihnen das Rohmaterial ausgegangen war. Sie erhielten eine genau festgelegte Anzahl von Kupferbarren und Zinnscheiben. Stück für Stück wurde alles in den Listen vermerkt. Aber wie stand es um die Ablieferung der fertigen Produkte? Fünfzig Schwertklingen und dreißig Dolche müßten es sein; so viel Metall war den Männern beim letzen Mal zugeteilt worden. Nur vierzig Schwerter hatten sie mitgebracht? Dann würde man das Fehlende gesondert registrieren. Zum nächsten Termin müßte alles beglichen werden.
Häufig erschienen auch Landleute, um Getreide, Früchte und Öl abzuliefern. Die Beamten hatten Mühe, die erregte

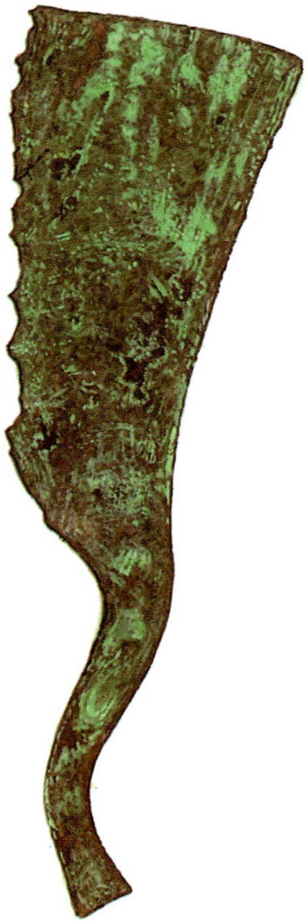

Hackmesser aus Argos (Bronze, Länge 25,8 cm, 14. Jh. v. Chr.). Es diente zur Zerkleinerung von Fleisch. Der ehemals mit vier Nieten befestigte Holzgriff ist verloren.

Menge zu beruhigen: Keine Sorge, übervorteilt wird niemand. Hier steht genau geschrieben, was jeder dem Fürsten schuldet. Und es ist auch festgehalten, wenn dem einen oder anderen die Abgaben für eine bestimmte Zeit erlassen sind. Denn mancher mußte ja im Laufe des Jahres besondere Leistungen erbringen, Kriegsdienst tun oder beim Festungsbau helfen. Doch über die schlechte Ernte im letzten Sommer möge keiner klagen. Die hat schließlich alle betroffen. Kann die königliche Hofhaltung deshalb auf das verzichten, was ihr zusteht? Da bleibt nur eines: die Eintragung ins Schuldenregister!
Während ein Teil der Beamten die Besucher abfertigte, begannen in einem zweiten Raum einige Schreiber bereits, die Buchungen in Jahresbilanzen zusammenzufassen. Die Palastverwaltung brauchte ständig eine exakte Übersicht über verfügbare Vorräte und ausstehende Leistungen. Hier wurden auch die Listen der Viehbestände geführt. Eine beträchtliche Zahl von Ziegen und Schweinen wies das Verzeichnis aus, vor allem aber große Schafherden, dazu die Namen der Besitzer und der Hirten.
Um die ausgedehnten Ländereien des Königs bestellen zu können, waren viele Arbeitskräfte nötig. Hunderte Männer, Frauen und Kinder standen im Dienst des Palastes. Die zuständigen Beamten hatten ihre Namen auf einer Reihe von Tafeln festgehalten, daneben die Berufe und die zur Versorgung erforderlichen Rationen an Getreide und Feigen.
Stets mußte der Staat für einen Feldzug gerüstet sein. Was stand dafür an Kriegsgerät zur Verfügung? Die Palastverwaltung konnte Auskunft geben. In einem besonderen Regal lagen wohlgeordnet die Tafeln, auf denen die Zahlen der Waffen und Wagen vermerkt waren und laufend ergänzt wurden.

Beschriftete Bügelkanne aus Theben (Höhe 44,5 cm, 14. oder 13. Jh. v. Chr.). Das große, schlicht bemalte Tongefäß diente zum Transport von Öl oder Wein. Die Inschrift gibt den Namen des Produktherstellers an: Eudamos, Bürger von Theben.

Tontafel mit Linear-B-Text aus dem Palast von Pylos (um 1200 v. Chr.) – sogenannte Dreifußtafel. Diese Tafel wurde gefunden, kurz nachdem Ventris seinen Entzifferungsvorschlag bekanntgegeben hatte. Die Inschrift konnte nach Ventris' Methode ziemlich leicht und sicher gedeutet werden. Darin sahen viele Forscher den Beweis für deren Richtigkeit. Die Tafel enthält ein Inventar von Gefäßen verschiedener Form, darunter Dreifußkessel.

Schließlich hatten sich die Beamten auch um den Fernhandel zu kümmern. Hier im Palast liefen alle Fäden zusammen. Mehrere Schreiber führten die Aufsicht über die in verschiedenen Räumen gelagerten Güter. Versandfertige Kisten und Körbe mit Bronzegeräten, Gefäßen aus Edelmetall, Spiegelgriffen und Kämmen aus Elfenbein sowie Schmucksachen aus Bergkristall und Halbedelsteinen mußten versiegelt werden. Gehilfen schlangen Schnüre um die Behälter und preßten weichen Ton darauf, dann drückten die Beamten den Eigentumsvermerk ein. Andere zählten und registrierten die zur Verschiffung nach Übersee bereitgestellten Bügelkannen mit Olivenöl. Die Gefäße trugen mit flüssiger Farbe gemalte Aufschriften. Diese nannten den Herkunftsort und den Hersteller der Ware, dazu den Namen des Händlers, der sie geliefert hatte.
Die Beamten hielten die Zügel der Verwaltung fest in der Hand und übten, im Auftrag ihres Fürsten, eine beträchtliche Macht aus. Doch den Reichtum schufen und mehrten andere: Bauern, Handwerker und Kaufleute.

Quellen des Reichtums

Das meiste von dem, was die Mykener zum Leben brauchten, lieferte ihnen die Landwirtschaft. Auf den Feldern wuchsen Weizen und Gerste. Mit dem Mehl dieser Getreidesorten konnte man Fladenbrot backen und Brei kochen – die wichtigsten Nahrungsmittel. Auch Olivenöl und Wein durften in den Küchen nicht fehlen. Zahlreiche Gewürze dienten dazu, die Speisen abwechslungsreich und schmackhaft zu machen.

Die Herden auf den Bergweiden lieferten Milch und Fleisch, daneben Wolle für die Kleiderherstellung. Häufig aßen die Mykener Käse. Zum Süßen der Speisen benutzten sie den Honig wilder Bienen. In ihren Gärten bauten sie Bohnen, Erbsen, Möhren, Kürbisse, Gurken, Porree und Endivien an. Dazu Oliven, Feigen, Weintrauben und Mandeln. Birnen, Pflaumen und Granatäpfel erntete man von wildwachsenden Bäumen. Fisch, Wild und vielleicht auch Vogeleier bereicherten die Mahlzeiten.

So war für das Allernotwendigste, für Ernährung und Kleidung, gesorgt. Aber man brauchte auch Geräte und Gefäße, Werkzeuge und Waffen. Um Töpfe, Kannen oder Becher herzustellen, benutzten die Mykener wie alle ihre Nachbarn in der Mittelmeerwelt den Ton. Sie formten die Gefäße auf der Töpferscheibe und brannten sie anschließend im Brennofen hart. Doch Hacken und Äxte, Schwerter und Lanzenspitzen, woraus sollte man die anfertigen? Steingeräte, wie sie einst die Vorfahren verwendeten, waren schwer herzustellen, unbequem zu benutzen und wenig wirkungsvoll im Gebrauch.

Da gab es ein viel geeigneteres Material. Wie es zu gewinnen und zu verarbeiten war, hatten die Mykener von

Zwei Haarnadeln aus Mykene (Elfenbein, Länge 8,8 cm und 9,8 cm, 13. Jh. v. Chr.), Bronzepinzette aus Tiryns (Länge 11,3 cm, um 1400 v. Chr.)

den Kretern gelernt. Zwei Metalle mußte man aus dem Erz schmelzen und in flüssigem Zustand vermischen, Kupfer und Zinn. Denn Kupfer allein ist weich und biegsam; erst der Zusatz von etwa einem Fünftel Zinn verleiht ihm die notwendige Härte. So entstand ein fester und dennoch leicht formbarer Werkstoff: die Bronze.

Schimmerndes Erz

Für die Mykener wurde die Bronze zum wichtigsten Rohmaterial der Werkzeug- und Waffenherstellung. Man konnte sie in erhitztem Zustand auf dem Amboß schmieden oder kalt über einem Holzkern mit dem Hammer modellieren. Es war aber auch möglich, sie flüssig in Formen zu gießen und auf diese Weise Pfeilspitzen, Äxte oder Schwertklingen in größerer Serie herzustellen.

Homer nennt die Bronze »schimmerndes Erz«. Er hat uns eine Schilderung der Arbeit des Bronzeschmieds überliefert. Wie stets im Gewand einer Sage:

Achilleus, der Stärkste unter den griechischen Helden im Lager vor Troja, hatte seinem Freund und Vertrauten Patroklos die eigenen Waffen geliehen. Doch der unterlag im Kampf dem trojanischen Königssohn Hektor. Wie es Brauch war, raubte der Sieger dem toten Gegner die Rüstung.

Nun hatte Achilleus, als er den Tod des Freundes rächen wollte, weder Panzer noch Schild und Helm. Da beschloß seine Mutter Thetis, den Schmiedegott Hephaistos selbst um Hilfe zu bitten.

Rußgeschwärzt, nur mit einem Lendenschurz bekleidet, trat der Gott vor den Ofen in seiner Werkstatt. Mit zwanzig

Steinerne Gießform für Bronzebeile (Länge 16,8 cm, 13. Jh. v. Chr.), gefunden im »Haus des Ölhändlers« in Mykene. Das Loch in der rechten oberen Ecke diente wahrscheinlich zur Anpassung der zweiten Hälfte der Gießform.

Blasebälgen fachte er die Glut an und erhitzte in Tiegeln Kupfer und Zinn, Gold und Silber,
»richtete dann auf dem Block den Amboß, nahm mit der Rechten
drauf den gewaltigen Hammer und nahm mit der Linken die Zange«.

Aus fünf Schichten Metall schmiedete Hephaistos dem Achilleus einen kunstvoll verzierten Schild, dann Harnisch, Helm und Beinschienen. Triumphierend verließ Thetis die Werkstatt, um ihrem Sohn die glänzenden Waffen zu bringen …

Erde und Meer, Städte und Ländereien, Kämpfe und Feste, die Arbeit der Bauern und Hirten, auch eine Volksversammlung und noch manches andere hatte Hephaistos in figurenreichen Bildern auf dem Schild dargestellt. Doch wie konnte das alles darauf Platz finden?

Sicher hat der Dichter hier übertrieben. Wahrscheinlich wollte er das Werk des Gottes besonders gewaltig und kunstreich erscheinen lassen. Aber wie es in einer frühgriechischen Bronzeschmiede aussah, das wußte Homer. Gewiß hatte er mehr als einmal einem Handwerker bei der Arbeit zugeschaut.

Bronzewerkstätten gab es schon in mykenischer Zeit an vielen Orten Griechenlands. Die Herrscher wachten über ihre Arbeit besonders aufmerksam. Sie zogen die Schmiede in geschlossenen kleinen Handwerkersiedlungen zusammen und setzten einen Beamten an deren Spitze. Die Palastverwaltungen führten genau Buch über die Menge der Rohmetallbarren, die den einzelnen Gruppen zugeteilt wurden. Kostbar war besonders das Zinn. Es kam im Lande selbst nicht vor, man mußte es von weit her auf Schiffen und Wagen heranholen.

Bronzefibel (Gewandspange) aus Elateia in Mittelgriechenland (Länge 10,5 cm, 12. Jh. v. Chr.)

Aber die Bronzeschmiede genossen auch besondere Vorrechte. Sie hatten nur die Ergebnisse ihrer gewerblichen Arbeit abzuliefern; von Abgaben aus der landwirtschaftlichen Produktion, die sie nebenher betrieben, waren sie befreit. Brachte doch der Handel mit den von ihnen hergestellten Geräten, Waffen und Gefäßen den Palästen ohnedies beträchtlichen Gewinn.

Wertvoller noch als Kupfer und Zinn waren die Edelmetalle Gold und Silber. Aus ihnen wurden vor allem Schmuck und Prunkwaffen gefertigt. Die mykenischen Goldschmiede bebeherrschten die unterschiedlichsten Techniken. Dünne Drähte flochten sie zu geschmeidigen Ketten. Metallkügel-

Goldene Kästchenbeschläge aus einem Schachtgrab auf der Burg von Mykene (Höhe etwa 8 cm, 16. Jh. v. Chr.). Die Platten dienten wahrscheinlich zur Verkleidung eines sechseckigen Holzkästchens, von dem Reste im gleichen Grab gefunden wurden. Die getriebenen Reliefs zeigen jeweils einen Löwen, der einmal einen Hirsch (oben), das andere Mal einen Steinbock (unten) angreift, dazwischen stilisierte Pflanzen und einen liegenden Stierkopf.

Dolchklinge mit Darstellung einer Löwenjagd aus einem Schachtgrab auf der Burg von Mykene, Bronze mit Einlagen aus Gold, Silber und Niello (Länge 23,8 cm, 16. Jh. v. Chr.). Vier mit Lanzen und Schilden bewaffnete Krieger und ein Bogenschütze kämpfen gegen einen Löwen, der den vordersten Angreifer zu Boden geworfen hat. Zwei andere Löwen haben sich zur Flucht gewandt.

chen löteten sie so geschickt auf eine Unterlage, daß sich kunstvolle Muster ergaben. Aus Goldblech schnitten sie Figuren von Menschen und Tieren aus. Oder sie preßten einen Metallstreifen über einen modellierten Kern aus hartem Material und bearbeiteten ihn so lange durch Hammerschläge, bis er dessen Form angenommen hatte. Besonders beliebt war die Niello-Technik. Dabei wurden in eine Platte Schmuckelemente aus farbigen Metallmischungen, meist Silber, Kupfer und Blei, unter Zusatz von Schwefelpulver eingeschmolzen. Auf so verschiedene Weise schufen die mykenischen Handwerker Fingerringe und Halsketten, Perlen und Armbänder, Brustplatten und Gesichtsmasken, Schwertgriffe, Kästchenbeschläge, Prachtgefäße und vieles andere mehr.

Das Haus des Ölhändlers

Bronzehandwerker und Goldschmiede bildeten nur zwei von vielen Berufsgruppen. Durch Funde von den mykenischen Siedlungsplätzen und durch Handwerkerbezeichnungen in den Tontafeltexten wissen wir von Flachsarbeitern,

Elfenbeinkamm aus Mykene (Länge 4,1 cm, 13. Jh. v. Chr.)

Walkern und Wollkämmern, die den Rohstoff für die Kleiderherstellung vorbereiteten. Das Spinnen, Nähen und Weben war den Frauen überlassen. Den Beruf des Schuhmachers übten dagegen Männer aus. Holzfäller sorgten dafür, daß genügend Bauholz vorhanden war; Schiffbauer und Zimmerleute verarbeiteten es weiter. Bei der Errichtung der Häuser, Paläste und Festungsmauern standen für solche Arbeiten, die Fachkenntnisse erforderten, spezialisierte Maurer zur Verfügung. Natürlich konnten auch die Wandmalereien und Fußbodenornamente nur von erfahrenen Meistern ausgeführt werden. Groß war die Zahl der Töpfer in den Siedlungen und an den Herrscherhöfen. Kostbare Schmuckgegenstände fertigten neben den Gold- und Silberschmieden auch Steinschneider und Elfenbeinschnitzer. Und schließlich gab es eine beträchtliche Anzahl Bediensteter in den Palästen, die besondere Kenntnisse auf einem bestimmten Gebiet besaßen. Vom Bäcker und Koch reichte die Reihe dieser Spezialisten bis zum Badewärter und Arzt.

Ein recht weit verbreitetes Gewerbe war das des Salbensieders. Parfümierte Öle und Salben wurden von den Mykenern vor allem zur Körperpflege benutzt. Außerdem spielten sie eine Rolle im Götterkult. Deshalb lieferten die Palastverwaltungen solche aromatischen Stoffe auch an die Priesterschaft der Heiligtümer. Zudem waren sie ein wichtiger Ausfuhrartikel.

Wie mag eine mykenische Parfümwerkstatt ausgesehen haben? Wir hätten kaum eine Vortellung davon, wären nicht die Reste einer solchen Produktionsstätte in der Nähe der Burgmauer von Mykene gefunden worden. Sie bestand aus drei, Wand an Wand errichteten Gebäuden und einem vierten, etwas abseits stehenden Bau.

Das mittlere der drei Häuser hatte im Kellergeschoß einen langen Korridor, von dem mehrere Räume abgingen. In einem davon standen mehr als dreißig Bügelkannen. Die meisten waren mit Stöpseln verschlossen und durch Siegel gesichert. Sie enthielten einst Olivenöl; Spuren davon hatten sich an den Gefäßwänden erhalten. Die Ausgräber glaubten zuerst, sie seien auf den Vorratsraum eines Ölhändlers gestoßen, und gaben dem Gebäude den Namen, den es bis heute behalten hat: Haus des Ölhändlers.
Doch dann entdeckte man in einem Keller die Salbenküche. In kleinen, durch niedrige Lehmmauern abgetrennten Abteilungen waren elf große Pithoi aufgestellt, Tongefäße, von denen jedes eine beachtliche Ölmenge aufnehmen konnte. Unter einem der Behälter fand sich eine Feuerstelle. Hier wurde das Öl zum Sieden gebracht und dann mit pflanzlichen Duftstoffen versetzt.
Ein weiterer Raum barg die Kanzlei der Werkstatt. Die dort aufgefundenen Tontafeln enthalten Rechnungen für Öl-, Woll- und Leinenlieferungen sowie Quittungen über zugeteilte Gewürze und aromatische Kräuter: Koriander, Minze, Pfefferkraut, Kümmel, Sellerie, Fenchel und Sesam.
Wahrscheinlich gehörte die Parfümwerkstatt nicht einem privaten Besitzer, sondern war Eigentum des Burgherrn und unterstand somit unmittelbar der Palastverwaltung. In den Gebäuden zu beiden Seiten des »Hauses des Ölhändlers« fertigte man noch andere Handwerkserzeugnisse: Elfenbeinfigürchen, wohl als Einlagen für Möbel gedacht, Tongeschirr und Steingefäße.

Bügelkanne aus Mykene (Höhe 37 cm, 13. Jh. v. Chr.). Der Ausguß ist mit einem Stöpsel verschlossen, der einen Siegelabdruck trägt.

Bronzefibel (Gewandspange) aus Mykene (Länge 19,6 cm, 13. bis 12. Jh. v. Chr.), Schminklöffelchen aus Mykene (Elfenbein, Länge 7,2 cm, 13. Jh. v. Chr.), Bronzespatel (Gerät zum Aufstreichen von Salben) aus Elateia (Länge 17 cm, 12. Jh. v. Chr.)

Auf Meeren und auf Straßen

Ein großer Teil der in den Werkstätten erzeugten Produkte war für die Ausfuhr bestimmt. Die Mykener bewährten sich nicht nur als kunstfertige Handwerker, sondern zugleich als geschäftstüchtige Händler. Allerdings war das nicht von Anfang an so. Auch auf diesem Gebiet lernten sie von den Kretern.

Jahrhundertelang hatten kretische Schiffe weite Teile des Mittelmeeres beherrscht. Wo sie geeignete Orte an den Küsten fanden, richteten die Kaufleute Handelsstützpunkte ein, die den Warenaustausch mit dem Landesinneren vermittelten und die Schiffsrouten gegen Seeräuber sicherten. Seit dem 15. Jahrhundert v. Chr. aber gelang es den Mykenern, die kretischen Konkurrenten immer mehr zurückzudrängen und, einen nach dem anderen, deren Stützpunkte zu übernehmen.

Nun waren sie selbst die Herren des Seehandels im mittleren und östlichen Mittelmeer. Auf den Inseln der Ägäis besaßen sie Niederlassungen, an den Küsten Kleinasiens, Syriens, Palästinas, ja selbst in Sizilien und Unteritalien. Sie lieferten ihren Geschäftspartnern Keramik, Olivenöl, Parfüm, Wolle, Wein und Gegenstände aus Bronze und Elfenbein. In die Heimat zurück brachten sie vor allem Gold-, Kupfer- und Zinnbarren, Elefantenzähne und andere Rohstoffe, dazu Gewürze und Textilien.

Im Lande wurden die Waren auf Wagen weiterbefördert. Zu diesem Zweck hatten die Mykener ein hervorragendes Straßennetz aufgebaut. Allein vom Palast von Mykene aus gingen Verbindungswege in wenigstens vier verschiedene Richtungen. Sie waren durch Wachthäuser und Ausguckposten gesichert.

Um allzu große Steigungen und Gefälle zu vermeiden, nahmen die mykenischen Straßenbauer manchmal lange Umwege in Kauf und führten die Routen um Gipfel und Schluchten herum, meist an Berghängen entlang. Wasserläufe und Hohlwege wurden durch Steinbrücken überspannt.

Die durchschnittlich 3,50 Meter breiten Straßen waren außerordentlich stabil konstruiert. Auf einem massiven Unterbau ruhte das von Wasserabflußkanälen durchzogene Pflaster aus gestampfter Erde, Lehm, Sand und Kieseln. An abschüssigen Stellen sicherte man den Fahrweg durch Stützmauern. Sie wurden, wie die Befestigungsmauern der Burgen, aus unregelmäßigen Feldsteinen errichtet und erreichten manchmal eine Höhe von fast vier Metern. Einige Abschnitte des mykenischen Straßennetzes sind noch heute benutzbar.

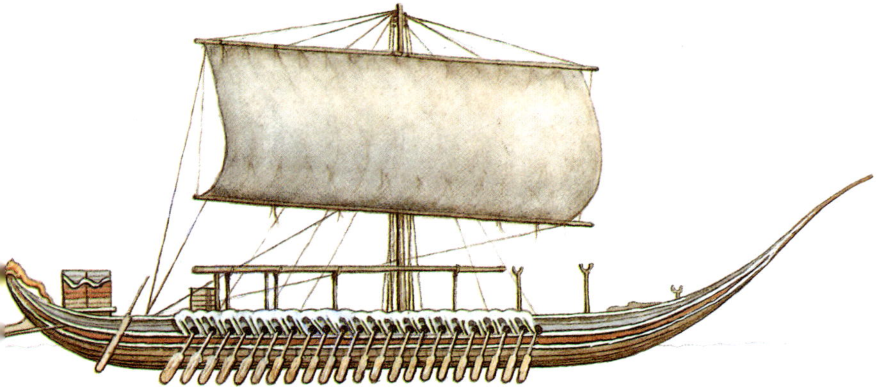

Ägäisches Schiff (Mitte des 2. Jt. v. Chr., Rekonstruktion). Eine Vorstellung davon, wie die Schiffe der Mykener und ihrer Nachbarn in der Ägäis aussahen, vermitteln uns Darstellungen auf Wandgemälden von der Insel Thera. Darauf stützt sich auch diese Rekonstruktion. Bei ungünstigem Wind konnte das Segel eingezogen, der Mast umgelegt und das Schiff durch Ruder vorangetrieben werden.

Rhyton in Form eines Stierkopfes aus einem Schachtgrab auf der Burg von Mykene (Höhe etwa 30 cm, 16. Jh. v. Chr.). Das aus Silberblech getriebene Spendengefäß, mit dem Ausgußloch an der Unterlippe des Tierkopfes, zeichnet sich durch eine effektvolle Verarbeitung verschiedener Metalle aus. Die eingesetzten Bronzeohren sind außen mit Silber und innen mit Gold überzogen. Die Hörner bestehen aus Goldblech. Nüstern und Lippen sind mit Gold plattiert; die Augen waren in Gold oder Niello eingelegt (siehe S. 49).

Der letzte Weg des toten Fürsten

Unbändig war Achilleus' Schmerz um Patroklos, den toten Freund. Die ganze Nacht hindurch saß er mit seinen Gefolgsleuten bei dem Gefallenen. Dessen Körper hatte man auf seinen Befehl mit heißem Wasser gewaschen, gesalbt, auf ein Lager gebettet und in eine kostbare Decke gehüllt. Nun klagte der Held und schwor Rache den Trojanern, vor allem aber dem Hektor, der Patroklos getötet hatte.

Am folgenden Tag stürzte sich Achilleus, angetan mit der von Hephaistos geschmiedeten Rüstung, in die Schlacht. Schrecklich wütete er unter den Gegnern, und endlich gelang es ihm, Hektor zum Kampf zu stellen. Mit Athenes Hilfe tötete er den Verhaßten, band den Körper des Toten an seinen Streitwagen und schleifte ihn – eine unsägliche Schmach für den Besiegten – durch den Staub zum Lager der Griechen.

So war Patroklos gerächt. Achilleus aber richtete dem Freund eine glänzende Totenfeier aus. Dreimal ließ er seine Krieger mit ihren Wagen den aufgebahrten Leichnam um-

Bruchstück eines Dolches aus einem Schachtgrab auf der Burg von Mykene, Griff aus Gold, Klinge aus Bronze mit Einlegearbeit in Gold und Elektron (16. Jh. v. Chr.)

fahren. Dann befahl er, Stiere, Schafe und Schweine zu schlachten, und lud die Achäer zum Totenmahl.
Bei Sonnenaufgang wurde ein großer Scheiterhaufen errichtet. Zum Zeichen der Trauer schor sich Achilleus das Haupthaar und legte es dem Toten in die Hände. Andere taten es ihm gleich, bis der Leichnam unter den abgeschnittenen Locken kaum mehr zu sehen war.
Eigenhändig häufte Achilleus die Leiber geschlachteter Opfertiere um das Totengerüst, trieb sogar vier lebendige Pferde zum Scheiterhaufen und stellte rings um den Toten Krüge mit Öl und Honig auf. Zwölf gefangene Trojaner tötete er, wie er es im Zorn gelobt hatte. Dann wurde der Holzstoß entzündet und der Tote samt allen Opfergaben verbrannt. Achilleus aber irrte unter Klagen und Gebeten die ganze Nacht lang um den Scheiterhaufen, bis die letzte Flamme verglommen war.
Am nächsten Morgen löschten die Griechen die Glut mit rotem Wein, sammelten die Gebeine des Patroklos aus der Asche auf und bestatteten sie in einer goldenen Urne. Zum Gedächtnis des Toten schütteten sie einen Erdhügel über dem Grab auf.
Den Abschluß der Feier bildeten prächtige Leichenspiele. Im Wagenrennen, im Boxen und Ringen, im Wettlauf und Waffenkampf, im Bogenschießen, Kugel- und Speerwurf maßen die stärksten und schnellsten Anführer des Griechenheeres ihre Kräfte. Siegern und Unterlegenen stiftete Achilleus kostbare Preise: Kessel und Becher aus Edelmetall, Waffen, Gold, auch Sklavinnen, Stiere, Maultiere und feurige Pferde.
So ehrten die Achäer das Andenken ihres jungen Helden. Den mächtigsten König hätten sie wohl kaum mit mehr Pracht zu Grabe getragen.

Kalkstein-Grabstele aus Mykene (Höhe 1,33 m, 16. Jh. v. Chr.). Der Reliefstein markierte die Stelle, wo sich das unterirdische Schachtgrab befand. Die figürliche Darstellung zeigt eine Jagdausfahrt.

Masken aus Gold

Die Sorge für die Verstorbenen war den Mykenern eine heilige Pflicht. Homers Schilderung zeigt uns anschaulich, wie es bei einer fürstlichen Bestattungsfeier zuging. Vieles von dem, was der Dichter berichtet, wurde durch die Ausgrabungen bestätigt. Man fand Reste von Tieropfern, auch Hinweise auf das Totenmahl am Grabe und vor allem zahlreiche Beigaben. Leichenverbrennung allerdings war in Griechenland unüblich. Vielleicht folgten die achäischen Helden bei der Bestattung des Patroklos im Lager vor Troja einem in Kleinasien verbreiteten Brauch? In der Heimat jedenfalls begruben die Mykener ihre Toten so, wie sie gelebt hatten: unverbrannt, im Schmuck der Kleidung und der Waffen.

Auf diese Weise hatte man auch die Menschen in den fünf Königsgräbern bestattet, die Heinrich Schliemann 1876 auf der Burg von Mykene entdeckte. Allerdings stammen diese Gräber aus einer Zeit lange vor dem Trojanischen Krieg. Sie sind sogar älter als die »kyklopischen« Festungsmauern, als das Löwentor und der Palast auf dem Bergplateau. Im 16. Jahrhundert v. Chr. wurden sie angelegt.

Wir wissen wenig über die Mykener dieser Frühzeit; im Grunde kennen wir sie überhaupt nur aus ihren Grabstätten. Nach der Form dieser Gräber hat man die ganze Periode »Schachtgräberzeit« genannt.

Die Gräber waren tatsächlich nichts anderes als einfache rechteckige Schächte. Bis zu vier Meter tief wurden sie senkrecht in die Erde und den Felsen getrieben. Den Toten legte man auf eine Kieselschüttung am Boden der Grube. Über den Feldsteinwänden der Grabkammer wurde in geringer Höhe eine hölzerne Balkenkonstruktion errichtet. Sie hatte

die Decke aus dünnen Steinplatten zu tragen. Diese schützte man durch eine wasserabweisende Lehmschicht und füllte die Grube dann völlig mit Erde auf. Nur ein schlichter Reliefstein oder auch bloß ein Steinhaufen kennzeichnete den Ort der Bestattung.
Wenn nach einigen Jahren ein Angehöriger der gleichen Familie starb, wurde nicht in jedem Fall ein neues Grab angelegt. Oft öffnete man das alte, schob die darin liegenden Knochen einfach beiseite und bestattete den Verstorbenen an der Stelle seines Vorfahren oder Verwandten. Dabei scheuten sich die Nachkommen nicht, Gefäße, Schmuck und andere Beigaben, wenn sie gut erhalten waren, aus dem Grab herauszunehmen: War der Körper erst einmal zu Staub zerfallen, dann hatte der Tote seinen Weg vollendet. Er brauchte die wertvollen Gegenstände nicht mehr; sie waren den Lebenden nützlicher.
In schlichteren Grabbauten als in den Schachtgräbern von Mykene sind wohl selten Herrscher bestattet worden. Aber welche Reichtümer bargen die unscheinbaren Gruben! Gold- und Silberbecher, Gefäße in Form von Stier- und Löwenköpfen, Kästchenbeschläge aus Gold oder Elfenbein, Siegelringe und Schmuck aller Art, dazu Hunderte Goldscheiben, die wohl einstmals auf die Kleidung aufgenäht waren. Viele Gegenstände trugen kunstvolle Verzierungen: Rosetten, Spiralen und andere geometrische Muster, aber auch Tierdarstellungen und Szenen aus Krieg, Jagd und Götterkult.
Einige der weiblichen Toten waren mit Golddiademen oder Stirnbändern geschmückt. Den Männern hatte man vor allem das ins Grab gelegt, was im Leben ihr kostbarster Besitz gewesen war: ihre Waffen. In großer Zahl fanden sich Lanzen- und Pfeilspitzen, aber auch goldene Brustpanzer

Goldscheibe aus einem Schachtgrab auf der Burg von Mykene (Höhe etwa 6 cm, 16. Jh. v. Chr.). Wahrscheinlich dienten solche Scheiben als Besatzplättchen für die Kleidung der Bestatteten.

Kopf eines Kriegers mit Eberzahnhelm aus Mykene (Höhe 8 cm, 13. Jh. v. Chr.). Der kunstvoll geschnitzte Elfenbein-Kopf zeigt, wie ein solcher Helm aussah: Die Eberzähne waren in Reihen übereinander an der Lederkappe befestigt.

Schachtgräberring in der Burg von Mykene (Rekonstruktion, siehe Seite 53)

und immer wieder Eberzähne: Reste von Lederhelmen, die ringsum mit den Hauern des starken Tieres besetzt waren. Fast jeder der Männer besaß mehrere Dolche und Bronzeschwerter, darunter besonders wertvolle mit goldbeschlagenen Griffen und Scheiden sowie eingravierten oder farbig eingelegten Verzierungen. Der erstaunlichste Fund aber waren die Masken aus getriebenem Goldblech, die einst die Gesichter von fünf der neun männlichen Bestatteten bedeckt hatten. Nirgendwo in Griechenland war man bis dahin auf Totenmasken gestoßen, und auch die Schriftquellen berichten nichts über einen solchen Begräbnisbrauch.

Schliemanns sensationelle Entdeckungen setzten eine rege Forschungstätigkeit in Gang. Griechische Archäologen führten seine Ausgrabungen in Mykene fort und fanden schon ein Jahr später ein sechstes Fürstengrab. Alle sechs Gräber lagen in der Nähe des Burgtores auf einer künstlich aufgeschütteten Terrasse. Ein doppelter Kreis aus Sandsteinplatten schloß sie zu einem Gräberrund zusammen.

So hatte die Anlage ursprünglich jedoch nicht ausgesehen. Die Terrasse mit ihren Stützmauern und die Plattenringe waren erst mehrere hundert Jahre danach errichtet worden, als man den gesamten Festungsbezirk erweiterte. Die späteren Herrscher hatten offenbar Ehrfurcht vor den Gräbern ihrer Vorfahren. Deshalb bezogen sie diese in den Bereich ihrer Burg ein und gestalteten den Komplex zu einem würdigen Fürstenfriedhof.

Das Schatzhaus des Atreus

Hundert Jahre später, als die Könige von Mykene zu den mächtigsten Fürsten Griechenlands geworden waren, reich-

Schale aus Bergkristall mit Henkel in Form eines Entenkopfes (Gesamtlänge 13,5 cm), aus einem Grab des Schachtgräberringes B in Mykene. 1951 wurde auf der Burg von Mykene, etwas außerhalb der Mauer, ein zweiter Schachtgräberring entdeckt. Er ist etwa 50 Jahre älter als der von Schliemann ausgegrabene Ring A. Die Beigaben in den Gräbern waren nicht ganz so zahlreich und kostbar wie dort, aber ähnlich in ihrer Art und Zusammenstellung. Zu den künstlerisch besonders eindrucksvollen Funden gehört diese Schale aus Bergkristall, einem sehr harten, durchscheinenden Quarzgestein.

ten ihnen die schlichten Grabformen ihrer Vorfahren nicht mehr aus. Reichtum und Macht sollten sich nicht nur in den Beigaben, sondern auch in der Bauweise der Begräbnisstätten widerspiegeln. Vorbilder gab es im Lande genug. Schon längst hatte man in anderen Gegenden der Peloponnes begonnen, vornehme Tote in unterirdischen Kuppelgräbern zu bestatten. Ein solcher Bau in monumentaler Größe – wäre das nicht ein würdiger Ruheplatz für einen verstorbenen König?

Einige Kuppelgräber sind bis heute in der Nähe der Burg von Mykene erhalten. Auch Pausanias hat sie auf seinen Reisen im 2. Jahrhundert n. Chr. gesehen. Er spricht von »den unterirdischen Gebäuden des Atreus und seiner

Zugangsweg und Fassade des »Schatzhauses des Atreus« in Mykene. Das Eingangstor zum berühmtesten der mykenischen Kuppelgräber ist gut erhalten. Der Fassadenschmuck aus verschiedenfarbigen Materialien und reliefverzierten Steinplatten, der das Entlastungsdreieck verdeckte, wurde nach Bruchstücken rekonstruiert.

Söhne, in denen sich ihre Schätze befanden«. Atreus – das war Agamemnons Vater, der Ahnherr des sagenhaften mykenischen Herrschergeschlechts.
Man glaubte also im Altertum, die massiven, unter der Erdoberfläche verborgenen Bauten hätten einst als königliche Schatzkammern gedient. So erhielt der stattlichste und am besten erhaltene unter ihnen den Namen »Schatzhaus des Atreus«. Heute wissen wir: Das »Schatzhaus« war ein Grab. Wer darin bestattet lag, vermag niemand mehr zu sagen. Aber ein Fürst muß es gewesen sein. Kein anderer hätte sich einen so aufwendigen Bau leisten können. Die Anlage des Grabes und die Funde geben uns eine Vorstellung davon, wie die Mykener ihre toten Herrscher beigesetzt haben:
Der Leichnam des Königs wurde in prunkvolle Gewänder gehüllt und auf einer Holzbahre zur Begräbnisstätte getragen. Ein langer Trauerzug begleitete den Toten auf seinem letzten Weg. An der Spitze schritten die Angehörigen des Herrscherhauses, zahlreiche Vornehme und die höchsten Beamten des Staates. Ihnen folgten Diener mit den Waffen des Königs und weiteren kostbaren Gegenständen aus seinem Besitz. Andere trugen Gefäße mit Nahrung: Honig und Mehl, Wein und Öl. Was der Herrscher im Leben gebraucht hatte, sollte er auch im Tod nicht entbehren.
Um zur Grabkammer zu gelangen, mußte der Zug einen 36 Meter langen, waagerecht in den Felsen getriebenen Gang durchschreiten. Er war auf beiden Seiten von Quadermauern gesäumt, die – der Neigung des Berghanges folgend – schräg anstiegen. An seinem Ende lag der von zwei Säulen aus grünlichem Stein gerahmte Grabeingang. Über fünf Meter maß das Tor in der Höhe und wurde von einem gewaltigen, 120 Tonnen schweren Deckbalken überspannt. Das darüber ausgesparte Entlastungsdreieck verdeckte ein

Längsschnitt durch ein Kuppelgrab. Die mykenischen Kuppelgräber bestanden aus drei Hauptteilen. Ein von schräg ansteigenden Quadermauern gesäumter Zugangsweg (in der Zeichnung verkürzt dargestellt) führt zum Eingangstor. Dahinter liegt der kuppelförmige Grabraum.

Fassadenschmuck aus Reliefplatten mit farbigen Ornamenten.
Das Innere des Grabes wurde nur von dem durch das Tor einfallenden Licht erleuchtet. So lag die Kuppel in über 13 Meter Höhe fast völlig im Dunkeln. Den kolossalen Bau hatten mykenische Handwerker in monatelanger Arbeit noch zu Lebzeiten des Herrschers errichtet. 33 ringförmige Reihen großer Steinquader, jede die darunterliegende um einige Zentimeter überragend, mußten sie aufeinanderschichten, bis die Mauerringe schließlich über der Mitte des Raumes zusammentrafen. Die vorstehenden Kanten der einzelnen Blöcke wurden abgeschlagen und die Stirnflächen sorgfältig geglättet. So entstand der Eindruck eines gleichmäßig gerundeten Gewölbes. Dann füllte man die Zwischenräume zwischen dem Mauerwerk und dem angrenzenden Felsen von außen mit Geröll und Erde aus. Zum Schutz vor eindringendem Regenwasser wurde der obere Teil der Kuppel mit einer dichten Lehmschicht abgedeckt. Eine bewundernswerte technische Leistung!
Im großen Kuppelraum wurde die Totenfeier zu Ehren des verstorbenen Königs abgehalten. Priester sprachen Gebete, Diener zerlegten die geschlachteten Opfertiere. Rings an den Wänden standen, ehrfürchtig schweigend, die Trauergäste. Die Bahre mit dem Toten hatte man mitten im Raum aufgestellt.
War die Zeremonie zu Ende, brachten Träger den Leichnam aus dem Kuppelraum in eine kleinere, aus dem Felsen gebrochene Nebenkammer. Dort würde der tote König ruhen, bis sein Körper zu Staub zerfiel.
Noch während der Feier begannen draußen vor dem Grabe, am Fuß des Felshanges, die Vorbereitungen zum Totenmahl. Hammel und Rinder hatte man geschlachtet, Wein

Tonstatuette einer Frau mit Kind im Arm, gefunden in Mykene (Höhe 13 cm, 14. Jh. v. Chr.). Die Frauenfigur wird als Muttergöttin gedeutet und diente wohl als Beigabe eines Kindergrabes. Der Kopf des Säuglings ist durch einen kleinen Schirm geschützt (siehe S. 59).

wurde in Krügen bereitgestellt. Über Stunden mag sich ein solches Festmahl zu Ehren des verstorbenen Herrschers hingezogen haben. Alle durften daran teilnehmen, die Bewohner der Burg und der Siedlung und auch die Bauern und Handwerker, die aus der Umgebung zusammengeströmt waren.

Am folgenden Morgen sammelten Diener die Reste des Mahls, Tierknochen und zerschlagene Trinkgefäße, auf und legten sie vor dem Grab nieder. Danach wurde das Tor vermauert und der Eingangsweg zugeschüttet. Die Grabkammer bedeckte man mit Erde und Steinen, bis von dem Bauwerk nichts mehr zu sehen war. Nur ein kleiner Hügel an der Erdoberfläche zeigte die Stelle an, wo der König begraben lag.

So begleiteten die Mykener ihren Fürsten auf seinem letzten Weg. Starb später einer seiner Angehörigen, wurde er an gleicher Stelle beigesetzt. Man grub den Zugang unter Erdreich und Geröll aus, riß die Mauer vor dem Tor nieder und vollzog die Totenzeremonien in ähnlicher Weise wie beim ersten Mal.

Die einfache Bevölkerung bestattete ihre Toten in Kammergräbern. Diese waren viel bescheidener als die Kuppelbauten der Vornehmen, ähnelten ihnen aber in der Grundanlage: rechteckige, manchmal auch runde oder ovale, in den Berg getriebene Grabkammern mit einem langen, von Mauern gesäumten Zugangsweg.

Die Kammergräber enthielten auch Beigaben, darunter Figürchen aus gebranntem Ton: Nachbildungen von Wagen und dreibeinigen Stühlen, Darstellungen von Tieren, vor allem aber Frauenstatuetten, manche mit einem Baby auf dem Arm, andere beim Teigkneten oder Brotbacken. Wie Spielzeuge sahen viele dieser Figuren aus, und vielleicht

waren sie das wirklich, denn die meisten wurden in Kindergräbern gefunden.
Waffen allerdings, Schwerter und Dolche, wie sie in großer Zahl in den Schachtgräbern des 16. Jahrhunderts v. Chr. vorkamen, suchten die Forscher in den jüngeren Gräbern, auch in den Fürstenbestattungen, vergebens. Hatten sich die Begräbnisbräuche so stark gewandelt? Oder waren die Mykener der späteren Zeit vielleicht weniger kriegerisch gesinnt als ihre Vorfahren? Wohl kaum. Es gibt nur eine einleuchtende Erklärung: Hier waren Grabräuber am Werk. So gut die Grüfte auch immer in Felsnischen und unter aufgeschüttetem Erdreich versteckt lagen – die meisten wurden noch im Altertum entdeckt und geplündert.
Die Schachtgräber dagegen blieben fast bis auf unsere Tage verborgen. Dachten die Herrscher der mykenischen Frühzeit schon an die Habgier der Nachwelt, als sie sich in so unscheinbaren Gruben bestatten ließen?

Räuchergefäß aus Ialysos (Rhodos), Höhe 12 cm, 14. Jh. v. Chr. Das aus grobem Ton gefertigte Gefäß diente zum Abbrennen aromatischen Räucherwerks. Es wurde wahrscheinlich zur Reinigung der Luft in einem Familiengrab benutzt, das man für die Wiederbelegung geöffnet hatte.

Im Dienst der Götter

Bevölkert von zahllosen Göttern und Dämonen stellten sich die Mykener die Welt vor. So viel Unerklärliches geschah in der Natur und im täglichen Leben – mußten da nicht geheimnisvolle Kräfte am Werk sein?
Wie kam es, daß die Sonne an jedem Morgen über dem Meer aufging und am Abend hinter den Bergen versank? Wer lenkte die Sterne am klaren Nachthimmel? Wer sorgte dafür, daß auf jeden Winter ein neuer Frühling folgte?
Und die Pflanzen auf den Wiesen und Feldern! Jahr für Jahr sprossen sie aus den winzigen Samen, wuchsen, reiften und vergingen. Warum? Gewiß, der Regen gab ihnen Nahrung, die Sonne Licht und Wärme. Doch manchmal fiel wochenlang kein einziger Tropfen vom Himmel, dann vertrockneten die Ähren auf den Feldern. Oder Hagelschlag riß die Früchte von den Bäumen, und die Menschen mußten Hunger leiden. Zürnten ihnen die unsichtbaren Mächte, die über Werden und Vergehen wachten?
Manches konnte man tun, um das Leben zu sichern und angenehmer zu machen: Häuser bauen, Kleider nähen, Tiere züchten, Getreide säen, Vorräte sammeln. Aber plötzlich legte eine Feuersbrunst die Wohnstätten in Schutt und Asche, raffte eine rätselhafte Seuche die Herden dahin. Wie gewaltig waren die Kräfte der Natur und wie machtlos die Menschen!

Schmuckplatte eines Goldringes aus Mykene (Breite 8 cm, um 1500 v. Chr.). Sie zeigt eine Kultszene in einem heiligen Bezirk: in der Mitte eine Göttin oder Priesterin, links ein Mann, der die Äste des Heiligen Baumes berührt, rechts eine über einen Schrein oder Altar gebeugte Frau.

Die Große Mutter

Nur eines blieb, dem Unglück vorzubeugen: Die Unsichtbaren mußten versöhnt, ihre Gunst durch Gebete und Opfer

Nicht nur mit Gebeten und kultischen Tänzen ehrten die Mykener ihre Götter, sondern auch durch Tieropfer. Homer schildert ein solches Opfer, das die Griechen vor Troja darbrachten:

»Nach dem Gebet verstreuten sie heilige Gerste, dann bogen
sie den Nacken des Tieres zurück und durchtrennten die Kehle,
zogen sodann die Haut ab und schnitten die Schenkel in Stücke,
wickelten diese in Fett und legten auch Fleisch noch darüber.
All dies verbrannten sie drauf im Feuer von trockenem Holze,
spießten die Eingeweide und hielten sie über die Flammen.«

immer von neuem erworben werden. Aber wie war das möglich, da man doch ihr Wesen nicht kannte, nicht einmal wußte, an welchen Orten man sich bei ihnen Gehör verschaffen konnte? Vielleicht gefiel ihnen das, was auch die Menschen erfreute? Musik und Tanz, vor allem aber Gaben von Fleisch und Brot, von Öl und Wein? Und am nächsten war man ihnen wohl draußen in der freien Natur, auf hoch aufragenden Berggipfeln oder in dämmrigen Höhlen, an einer sprudelnden Quelle oder im geheimnisvollen Dunkel eines Olivenhains.

An solchen Orten trafen sich die Mykener, um ihre Götter zu ehren und anzubeten.

Manchmal bildete ein einzeln stehender Baum den Mittelpunkt eines ländlichen Heiligtums. In weitem Umkreis war das Gelände durch eine niedrige Mauer eingegrenzt, jedem Nahenden zum Zeichen: Dieser Bezirk gehört der Gottheit. Ein freistehendes Tor gewährte den Gläubigen Einlaß.

Sie kamen mit Geschenken, mit Speise- und Trankopfern. Priesterinnen in langen, bis auf die Füße reichenden Glokkenröcken nahmen die Gaben entgegen. Im Schatten des heiligen Baumes versammelte sich die Kultgemeinde. Mit ehrfürchtigem Schauder ergriffen einige die weit herabhängenden Äste, andere begossen sie mit Wasser aus den mitgebrachten Spendengefäßen.

Dann aber begann der heilige Tanz. Langsam erst, bald immer rascher drehten sich die Tänzerinnen und Tänzer. Wild wirbelten schließlich ihre Beine, die Arme erhoben sie zum Himmel und stießen verzückte Rufe aus. Raum und Zeit vergaßen sie, gaben sich ganz den Gedanken an die Gottheit hin.

Und da: Erschien nicht die Göttin plötzlich mitten unter ihnen? Saß sie nicht dort unter den Zweigen des heiligen

Elfenbeingruppe aus Mykene (Höhe 7,3 cm, 15. Jh. v. Chr.). Die in einem Heiligtum gefundene Kleinplastik zeigt das mutterlose göttliche Kind, von zwei Ammen behütet.

Baumes? Oder sie kam vom Himmel herab als ein Vogel, der in den Lüften kreiste. Fallt auf die Knie vor ihr und betet sie an!

Das Erscheinen der Gottheit war der Höhepunkt der Kultfeier. Im Taumel der Begeisterung glaubten ihre Verehrer, daß sie leibhaftig unter ihnen weilte. In mancherlei Gestalt konnte sie zu den Menschen kommen. So viele geheimnisvolle Kräfte in der Natur herrschten, so viele Götter mußte es geben. Und nicht wenige von ihnen, so meinten die Mykener, waren weiblichen Geschlechts.

Die Frau galt als Sinnbild der Fruchtbarkeit. Sie war die Mutter der Nachkommen, die Erhalterin des Stammes. Mütterlich zeigte sich auch die Erde, wenn sie Pflanzen und Tiere hervorbrachte.

Daher begegnet uns in den religiösen Vorstellungen der Mykener immer wieder eine große Muttergottheit. Oft wird sie begleitet von ihrem Sohn, einem mit Bogen oder Lanze bewaffneten Jüngling. Jedes Jahr muß er sterben, und jedes Jahr wird er wiedergeboren – so wie die Natur im Winter zur Ruhe geht, um dann im Frühling zu neuem Leben zu erwachen.

Neben der Großen Mutter verehrten die Mykener viele andere weibliche Gottheiten. Manchmal verschmolzen die Züge verschiedener Göttinnen, so daß diese kaum mehr zu unterscheiden sind. Die Mykener hatten ja noch keinen festgefügten »Götterhimmel« wie die Griechen der späteren Jahrhunderte. Sie nahmen religiöse Vorstellungen ihrer Nachbarn auf und paßten sie den eigenen Lebensbedingungen und dem eigenen Weltverständnis an. Auch den Kult der Muttergöttin hatten sie nicht selbst »erfunden«; er war lange vorher schon bei vielen Völkern der Mittelmeerwelt verbreitet.

Unmittelbaren Einfluß auf die mykenische Religion übten vor allem die Kreter aus. Kretischen Ursprungs ist zum Beispiel die »Herrin der Tiere«. Einen Bogen oder Speer in den Händen, zwischen zwei Löwen oder anderen Tieren stehend, so wurde sie von mykenischen Künstlern dargestellt. Selbst die wildesten Kräfte der Natur sind von der göttlichen Macht gebändigt: das sollte das Bild ausdrücken.
Eine größere Rolle als bei den Kretern spielte in den Göttervorstellungen der Mykener der Krieg. Krieg – das bedeutete Sieg und Ruhm, aber auch Niederlagen, Schmerz und Tod. Eine mächtige Gottheit mußte es sein, die über die Geschicke der Menschen im Kampf entschied. Die Mykener dachten auch sie sich als Frau. Einen gewaltigen, wie eine Acht geformten Schild trug sie, der fast den ganzen Körper verbarg.
Der Schild wurde zum Zeichen der Göttin. Es genügte, einen solchen Schild an heiliger Stätte aufzustellen oder in einem Bild wiederzugeben, und jeder verstand, was gemeint war: Die Göttin des Krieges ist anwesend.
Als Diener der Götter galten die Dämonen. Sie begegnen uns in Darstellungen auf geschnittenen Steinen, Goldringen und Wandmalereien: merkwürdige Mischwesen, Menschen mit Hufen oder Vogelkrallen, Pferde- und Eselsköpfen. Solche halbgöttlichen »Geister« hatten ihren Platz in der Religion vieler früher Kulturen. Sie waren der menschlichen Vorstellungskraft näher als die mächtigen, aber fernen Götter. Man glaubte, daß sie unmittelbar ins tägliche Leben eingriffen, und so konnte jeder auf ihr Wirken zurückführen, was ihm an Gutem oder Bösem widerfuhr.

Miniaturschild aus Mykene (Elfenbein, Höhe etwa 14 cm, 13. Jh. v. Chr.). Der wie eine Acht geformte Schild war nicht nur Schutzwaffe im Krieg und bei der Jagd, sondern auch religiöses Symbol. Davon zeugen kleinformatige Nachbildungen in Gold oder Elfenbein. Die Vertiefungen auf dem hier abgebildeten Schild waren ursprünglich mit andersfarbigem Material ausgefüllt.

Opferträgerin. Ausschnitt von einer Wandmalerei im Palast der Burg von Tiryns (nach 1400 v. Chr.). Die Malerei zeigt eine Frauenprozession. In einem langen Zug bringen Frauen Opfergaben. Sie tragen eine typisch kretisch-mykenische Tracht: einen eng geschnürten Gürtel und ein die Brüste frei lassendes Mieder (siehe S. 67).

Fragment eines Wandgemäldes aus Mykene (Höhe 8,5 cm, 13. Jh. v. Chr.). Drei Dämonen mit Eselsköpfen tragen eine lange Stange. Vielleicht war daran erlegtes Jagdwild aufgehängt.

Ahnen der Olympier

Als die Altertumsforscher begannen, Schritt um Schritt die überlieferten Texte in Linear-B-Schrift zu entziffern, machten sie eine überraschende Entdeckung: Immer wieder stießen sie auf Silbenkombinationen, die deutlich an die Namen späterer griechischer Götter erinnerten. Sollten die Mykener, die bereits eine frühe Form der griechischen Sprache benutzten, auch schon zu den gleichen Göttern gebetet haben wie ihre Nachfahren Hunderte von Jahren danach?

Die späteren Griechen nannten ihre Götter »Olympier«, denn deren Wohnung lag, so erzählte man sich, hoch oben auf dem schneebedeckten Gipfel des Berges Olymp. Unsterblich waren sie, von großer Stärke und Klugheit. Sonst aber unterschieden sie sich wenig von den Menschen. Untereinander verwandt und verschwägert, lebten sie in Liebe und Haß, in Streit und Versöhnung – ähnlich, wie es in den Familien der Sterblichen zuging.

So weit vermenschlicht waren die Götter der Mykener noch nicht. Die auffällige Namensübereinstimmung ist dennoch kein Zufall. Offenbar gab es neben den mächtigen Mutter- und Naturgottheiten in mykenischer Zeit weitere Götter, die oft nur in bestimmten Gegenden verehrt wurden. Die Erinnerung an sie blieb im Gedächtnis der Menschen haften – auch dann noch, als die mykenische Kultur untergegangen war und sich die religiösen Vorstellungen bereits gewandelt hatten. Ihre Namen und zugleich wohl auch einige ihrer Wesenszüge wurden auf die neuen Götter übertragen.

So hatten Zeus und Ares, Hermes und Dionysos, Hera und Artemis, vielleicht auch Apollon und Hephaistos mykenische »Vorfahren«. Auf den Tafeln aus Pylos ist am häufigsten Poseidon genannt. Gewiß war er noch nicht der Gott

des Meeres wie in späterer Zeit, für die Bewohner von Pylos aber anscheinend ein noch Mächtigerer: der Hauptgott des Ortes und des umliegenden Gebietes.
Poseidon wurde, neben anderen Göttern, in den Kulträumen des Nestor-Palastes verehrt. Sein zentrales Heiligtum

aber lag auf dem Lande, einige Kilometer vom Palast entfernt. Hierher kamen die Anhänger des Gottes, hier wurde alljährlich ihm zu Ehren ein großes Fest gefeiert. Eine Gruppe von Priestern stand an der Spitze des Kultbezirks. Sie verfügten über Ländereien, die durch eigene Arbeitskräfte bestellt wurden, sowie über Herden von Schafen und anderen Nutztieren. Die Palastverwaltung überwies regelmäßig Opfergaben: Gefäße aus Edelmetall, Stoffe und Gewänder, Früchte und Getreide, Wein und Mehl, Öl und parfümierte Salben, Tierhäute, Honig und Käse.

So brachten es die Priester hier und anderswo zu Reichtum und Ansehen in der Gesellschaft. Die höchsten unter ihnen waren zugleich Beamte und Berater des Fürsten und hatten großen Einfluß am Hof. Für die Kulthandlungen standen ihnen niedere Priester und Opferdiener zur Seite, von denen wir einige aus den Linear-B-Texten kennen: Schlüsselbewahrer, Fellträger, Feuerentzünder.

Den Kult weiblicher Gottheiten versahen meist Priesterinnen. Wie schon bei den Kretern, so nahmen auch in Mykene die Frauen im religiösen und gesellschaftlichen Leben einen wichtigen Platz ein.

Kleiner Tempel in Eleusis bei Athen (Grundriß 9,50 m × 5,90 m, 13. Jh. v. Chr., Rekonstruktion). Lange Zeit glaubte man, die Mykener hätten ihre Götter nur in der freien Natur und in den Kulträumen der Paläste verehrt. Durch Ausgrabungen während der letzten Jahrzehnte wurde bewiesen, daß es in den Siedlungen und ländlichen Heiligtümern auch einzeln stehende Gotteshäuser gab. Diese werden nach der Art ihrer Anlage als Vorgänger der späteren griechischen Tempel angesehen. Sie waren aber wesentlich kleiner und einfacher ausgestattet.

An der Schwelle des neuen Zeitalters

Zahllose Menschen auf beiden Seiten mußten sterben, ehe der Krieg der Griechen und Trojaner nach zehn Jahren erbitterten Kampfes ein Ende fand. Nicht die Überlegenheit der Waffen entschied den Streit, sondern eine List. Auf den Rat des schlauen Odysseus verbargen sich die mutigsten Helden der Achäer im Leib eines großen, aus Holz gezimmerten Pferdes. Die übrigen zogen sich, der vergeblichen Belagerung scheinbar überdrüssig, auf die Schiffe zurück und segelten davon.
Triumphierend holten die Trojaner das hölzerne Roß in ihre Mauern und freuten sich über ihren vermeintlichen Sieg. In der Nacht aber verließen die Krieger ihr Versteck, überwältigten die ahnungslosen Gegner und eroberten die Stadt.
So schildert die Sage Trojas Fall. Bis heute sind sich die Gelehrten nicht einig darüber, ob der Trojanische Krieg tatsächlich stattgefunden hat. Denkbar wäre es schon, daß die mykenischen Fürsten am Ende des 13. Jahrhunderts v. Chr. mit vereinten Anstrengungen noch einmal einen Sieg über eine auswärtige Macht errangen. Aber wenn es diesen Sieg gab, dann war es gewiß ihr letzter. Denn eben um diese Zeit setzte, unvermittelt und rasch, der Niedergang der mykenischen Kultur ein.

Goldring aus einem Schachtgrab auf der Burg von Mykene (Länge 3,5 cm, 16. Jh. v. Chr.). Auf der Platte des Siegelringes sind vier Männer in erbittertem Nahkampf dargestellt. Zwei von ihnen kämpfen mit Schwertern, ein dritter ist mit Lanze und Turmschild bewaffnet. Der vierte Krieger liegt schwerverletzt am Boden.

Kriege und ihre Folgen

Die Ursachen der Krise sind unklar, ihre Folgen um so deutlicher. Noch für die Mitte des 13. Jahrhunderts v. Chr. bezeugen die Linear-B-Texte eine rege Wirtschafts- und Handelstätigkeit. Die Festung von Mykene wurde erweitert und

ausgebaut. Ein Zeichen der Stärke – oder vielleicht doch schon eher der drohenden Gefahr?
Um das Jahr 1200 v. Chr. jedenfalls fielen die meisten Paläste verheerenden Feuersbrünsten zum Opfer. Mykene selbst konnte sich noch einige Zeit halten, dann erlitt es das gleiche Schicksal.
Was hatte zu der plötzlichen Schwäche der mykenischen Staatenwelt geführt? Die Einwanderung fremder Völkerschaften, Überfälle von Seeräubern, Aufstände der Bevölkerung gegen die Herrschenden, Erdbeben oder unerwartete Klimaschwankungen? Vielleicht auch Streitigkeiten innerhalb der Fürstenhäuser? Berichten doch viele Sagen von Kämpfen zwischen Verwandten um die Thronfolge.
Wahrscheinlich trafen mehrere Umstände zusammen. Eine Rolle spielten dabei sicher die ständigen Kämpfe zwischen den verschiedenen Palastherren.
Kriege gehörten zum Alltag der Mykener wie Ackerbau und Handwerk, Seefahrt und Handel, Jagd und Götterkult. Bewaffnet waren die Krieger mit Schwert und Dolch, mit Lanze und Bogen. Die Anführer kämpften in der Frühzeit vom pferdebespannten Streitwagen aus; das sicherte ihnen eine Überlegenheit über ihre Gegner. Später benutzten sie den Wagen nur noch, um auf den Kampfplatz zu gelangen oder ihn nach der Schlacht wieder zu verlassen.
Es mag wohl vorgekommen sein, daß ein kriegerischer Konflikt nicht durch ein Aufeinandertreffen der Heere, sondern durch den Zweikampf adliger Einzelkämpfer entschieden wurde. Beruhten doch Macht und Ansehen der Fürsten nicht zuletzt auf ihrer persönlichen Tapferkeit. Mehr noch aber gewiß auf ihrer militärischen Befehlsgewalt.
Der König war der oberste Kriegsherr – so, wie er wahrscheinlich auch die Ämter des höchsten Priesters und Rich-

ters innehatte. Ihm unterstanden verschiedene militärische Befehlshaber, allen voran einer, den die Linear-B-Texte »lawagetas« nennen. Als einziger neben dem Herrscher verfügte er über privaten Landbesitz.

Kriegerische Tüchtigkeit hatte wohl ganz wesentlich zur Ausbreitung der Macht der mykenischen Fürsten beigetragen. Sie beschleunigte jedoch ihren Untergang, als sie sie zunehmend dazu benutzten, innere Konflikte auszutragen. Wie ein solcher Zwist zustande kam und wie er endete, ist in der Sage der »Sieben gegen Theben« überliefert:

Schwere Schuld hatte Ödipus, der König von Theben, auf sich geladen. Unwissendlich tötete er seinen Vater, ahnungslos heiratete er die eigene Mutter. Die Götter hatten ihn in dieses Schicksal verstrickt; dennoch lastete nun der Fluch des Verbrechens auf Ödipus' Geschlecht. An seinen Söhnen Eteokles und Polyneikes mußte er sich erfüllen.

Mykenische Bronzewaffen (14. bis 12. Jh. v. Chr.): Lanzenspitze und kurze, blattförmige Speerspitze aus Mykene (links), Kurzschwert aus Mykene (Mitte), Schwert aus Tanagra in Böotien (rechts) – siehe S. 70

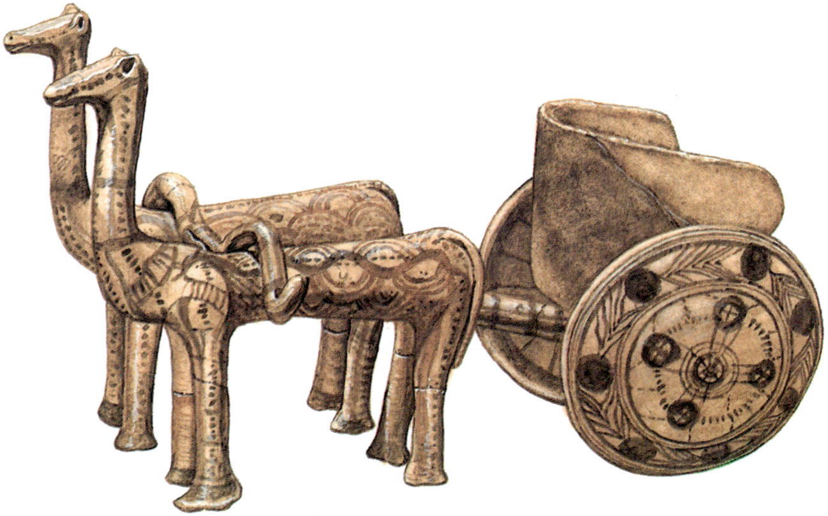

Tonmodell eines zweispännigen Wagens aus Megalo Monastiri in Thessalien (Länge 32 cm, 13. Jh. v. Chr.). Diese Nachbildung eines Streitwagens wurde einem toten Krieger als Beigabe ins Grab gelegt. Sie weist auf den vornehmen Stand des Bestatteten hin.

Nachdem der Vater zur Sühne freiwillig die Heimatstadt verlassen hatte, sollten sie abwechselnd, jeder ein Jahr lang, herrschen. Aber Eteokles war nicht bereit, dem Bruder die Herrschaft zum festgelegten Zeitpunkt zu übergeben. Da suchte Polyneikes Hilfe beim König von Argos, Adrastos.
Mit sieben Heerhaufen unter sieben berühmten Anführern zogen Adrastos und Polyneikes vor Theben, um die Stadt zu belagern. Den ersten Ansturm konnten die Thebaner abwehren, doch es drohte ein erneuter Angriff. Um weiteres Blutvergießen zu vermeiden, forderte Eteokles den Bruder zum Zweikampf heraus. Dem Sieger sollte die Herrschaft in Theben für immer zufallen. Polyneikes nahm die Herausforderung an. Ein erbitterter Kampf entbrannte, und am Ende töteten sich die Brüder gegenseitig.
Nun mußte die Entscheidung doch zwischen den beiden Heeren fallen. Es gelang den Belagerten, die Angreifer in die Flucht zu schlagen. Fürs erste war die Gefahr gebannt.
Aber die Thebaner sollten sich nicht lange ihrer Freiheit erfreuen. Zehn Jahre später erschienen die Söhne der sieben geschlagenen Fürsten erneut vor der Stadt. Und diesmal gelang es ihnen, Theben einzunehmen und zu zerstören.

Krieger mit Lanzen, Turmschilden und Eberzahnhelmen – Ausschnitt von einem Wandgemälde aus Thera (Ende 16. Jh. v. Chr.). In der Stadt Thera auf der gleichnamigen Insel im Ägäischen Meer, die um 1500 v. Chr. durch einen Vulkanausbruch verschüttet wurde, fand man bei Ausgrabungen umfangreiche, gut erhaltene Wandmalereien. Darauf sind unter anderem diese Krieger dargestellt, nach der Art ihrer Bewaffnung vermutlich Mykener.

Völker auf der Wanderschaft

Durch solche inneren Auseinandersetzungen war das mykenische Staatensystem bereits sehr geschwächt, als im 12. Jahrhundert v. Chr. ein Ereignis eintrat, das ihm endgültig den Todesstoß versetzen sollte. Aus dem Inneren Europas drangen kriegerische Volksgruppen auf die Balkanhalbinsel vor. Einen Teil der Neuankömmlinge rechnet man dem griechischen Stamm der Dorer zu; die Völker-

bewegung ist deshalb als »Dorische Wanderung« in die Geschichtsbücher eingegangen.
Wahrscheinlich waren die Dorer nur das letzte einer Reihe wandernder Völker, die sich am Ende des 2. Jahrtausends v. Chr. in Wellen über das griechische Festland ausbreiteten. Als sie ankamen, lagen die meisten mykenischen Burgen schon in Schutt und Asche. Sollte deren Zerstörung das Werk der sagenumwobenen »Seevölker« gewesen sein, die um 1200 v. Chr. auch das mächtige Hethiterreich in Kleinasien vernichtet hatten und bis an die Küsten Ägyptens gelangt waren?
Wie dem auch sei, das mykenische Zeitalter ging zu Ende. Ihm folgten die »dunklen Jahrhunderte«, aus denen wir kaum etwas von der Geschichte Griechenlands wissen. War die Heldenzeit tot?
Nicht ganz. Reste der alten Bevölkerung blieben in der Nähe ihrer früheren Siedlungsplätze wohnen. Sie vermischten sich mit den Neuankömmlingen und bewahrten einiges von den Fertigkeiten, die ihre Vorfahren im Laufe der Zeit erworben hatten. Vor allem aber schlugen die Sagen noch Jahrhunderte danach Brücken zur Vergangenheit. Perseus und Agamemnon, Achilleus und Nestor, Odysseus und Ödipus waren nie vergessen. In der Dichtung und auf dem Theater, in Malereien und in Bildwerken aus Stein und Bronze lebten sie weiter bis ans Ende des Altertums. Die Griechen sahen in ihnen ihre Stammväter, und noch tausend Jahre später leiteten die Römer ihre Geschichte von den Helden der mykenischen Zeit her.

Ausziehende Krieger – Ausschnitt von der sogenannten Kriegervase aus Mykene (1. Hälfte 12. Jh. v. Chr.). Tongefäße mit figürlichen Darstellungen waren in Mykene sehr selten. Die »Kriegervase« stammt aus der Spätzeit der mykenischen Kultur.

Worterklärungen

Achäer: Bezeichnung für die mykenischen Griechen in der »Ilias« und der »Odyssee«

Achilleus: Sohn des Peleus und der Meernymphe Thetis; der stärkste der griechischen Helden im Kampf um Troja

Ägäisches Meer, Ägäis: inselreicher Teil des Mittelmeeres zwischen Griechenland, Kleinasien und Kreta; benannt nach dem sagenhaften König Aigeus von Athen

Akropolis: »Hochstadt«; seit mykenischer Zeit Burganlage griechischer Städte; meist auf einem Felsen gelegen

Apollon: jugendlicher griechischer Gott des Lichtes, der Künste und der Weissagung; Sohn des Zeus, Zwillingsbruder der Artemis

Ares: griechischer Gott des Krieges; Sohn des Zeus und der Hera

Artemis: griechische Göttin der Jagd und der freien Natur; Tochter des Zeus, Zwillingsschwester Apollons; in mykenischer Zeit als »Herrin der Tiere« verehrt

Athene, Athena: griechische Göttin; Tochter des Zeus; Schützerin der Künste, verkörpert Weisheit und Tapferkeit

Atreus: sagenhafter König von Mykene; Sohn des Pelops, Vater Agamemnons

Dionysos: griechischer Gott der Fruchtbarkeit und des Weines; Sohn des Zeus; aus seinem Kult entstand das antike Theaterspiel

Hektor: in der griechischen Sage ältester Sohn des Königs Priamos von Troja; tapferster trojanischer Held im Krieg mit den Achäern

Helladische Kultur: Bezeichnung für die bronzezeitliche Kultur des griechischen Festlandes (von etwa 2500 bis um 1150 v. Chr.)

Hephaistos: griechischer Gott des Feuers und der Schmiedekunst; Sohn des Zeus und der Hera

Hera: höchste griechische Göttin; Gemahlin des Zeus, Mutter des Ares und des Hephaistos; Schützerin der Ehe und der Gebärenden

Hermes: griechischer Gott der Herden, der Reisenden, Kaufleute und Diebe; Götterbote; Sohn des Zeus; geleitete die Toten in die Unterwelt

Hyksos: ägypt.: »Herrscher der Fremdvölker«; fremdstämmiges Herrschergeschlecht in Ägypten von etwa 1650 bis um 1542 v. Chr.

Ilias: Verserzählung von Homer (8. Jahrhundert v. Chr.); schildert Ereignisse aus dem zehnjährigen Kampf um Troja

Kyklopen (»Rundaugen«): einäugige Riesen der griechischen Sage; Söhne des Himmelsgottes Uranos (bei Homer: des Poseidon) und der Erdgöttin Gaia; angeblich Erbauer der Burgen von Mykene und Tiryns

Medusa: wie ihre beiden Schwestern ein schreckenerregendes Ungeheuer der griechischen Sage mit fratzenhaften Gesichtszügen; von Perseus getötet

Megaron: im östlichen Mittelmeergebiet verbreiteter rechteckiger Haustyp mit Vorhalle und zwei Säulen zwischen den verlängerten Längswänden; Urform des griechischen Tempels

Minoer: Bezeichnung für die Bewohner Kretas im 2. Jahrtausend v. Chr.; abgeleitet vom Namen des sagenhaften Königs Minos

Musen: Schutzgöttinnen der Künste; Töchter des Zeus; bei Homer noch in der Einzahl genannt, später stets in der Mehrzahl (3 oder 9) auftretend

Odysseus: sagenhafter König der griechischen Insel Ithaka; zeichnete sich unter den griechischen Helden vor Troja durch Klugheit und List aus. Seine zehnjährige Irrfahrt nach dem Ende des Krieges schildert die dem Homer zugeschriebene Verserzählung »Odyssee«.

Olympische Götter, Olympier: Hauptgötter der Griechen, deren Wohnsitz auf dem Berg Olymp angenommen wurde

Peloponnes (»Insel des Pelops«): große Halbinsel im Süden Griechenlands; Zentrum der mykenischen Kultur. Pelops war ein sagenhafter König der Frühzeit, der die Halbinsel beherrscht haben soll.

Perseus: Held der griechischen Sage; Sohn des Zeus und einer sterblichen Mutter; erster König von Mykene

Pithos (Plural: Pithoi): großes bauchiges Vorratsgefäß, meist aus gebranntem Ton

Poseidon: griechischer Gott des Meeres und aller Gewässer; Bruder des Zeus; in mykenischer Zeit Lokalgottheit von Pylos

Priamos: sagenhafter König von Troja zur Zeit des Trojanischen Krieges

Rhyton (»Trinkhorn«): Opferspende- und Trinkgefäß aus Stein, Metall oder gebranntem Ton mit breiter Einfüllöffnung und engem Abflußloch; oft trichterförmig gebildet, manchmal auch in Gestalt eines Tieres oder Tierkopfes

Troja (auch Ilion): Stadt im Nordwesten Kleinasiens; der Sage (Ilias) nach von den mykenischen Griechen nach zehnjähriger Belagerung (Trojanischer Krieg) erobert und zerstört

Zeus: höchster und mächtigster griechischer Gott; »Vater der Götter und Menschen«

Goldscheibe aus einem Schachtgrab auf der Burg von Mykene mit der Darstellung eines Tintenfischs (Durchmesser 6,3 cm, 16. Jh. v. Chr.)

Tongefäß in Form eines Schweines aus Prosymna in der Argolis (Höhe 6,5 cm, 14. bis 13. Jh. v. Chr.)

Chronik des frühen Griechenland

6.–5. Jahrtausend v. Chr.
Beginn der Neusteinzeit (Neolithikum) in Südosteuropa. Verbreitung von Bodenbau und Viehzucht auf dem griechischen Festland. Vorwiegend Verwendung von Steinwerkzeugen

4.–frühes 3. Jahrtausend v. Chr.
Voll entwickelte neolithische Kultur in Griechenland, nach dem wichtigsten Fundort, Sesklo in Thessalien (Nordgriechenland), auch als Sesklo-Stufe bezeichnet. Bäuerliche Siedlungen mit rechteckigen oder runden Lehmziegelbauten auf Steinfundamenten. Tongefäße mit gemalten oder geritzten Verzierungen

um 2700–um 2500 v. Chr.
Endstufe des Neolithikums, sogenannte Dimini-Stufe. Am Hauptfundort Dimini in Thessalien Befestigung mit mehreren Mauerringen. Herausbildung eines Stammesadels. Stein- und Ziegelbauten. Mehrfarbige bemalte Keramik. Aufkommen der Kupfermetallurgie

um 2500–um 1900 v. Chr.
Erste bronzezeitliche Kultur in Griechenland (sogenannte Frühhelladische Kultur). Handgefertigte Keramik (»Urfirnisware«) und schwarzpolierte Gefäße mit Ritzmustern. Werkzeuge und Waffen aus Bronze

um 1900–um 1600 v. Chr.
Mittelhelladische Kultur. Zerstörung vieler frühhelladischer Siedlungen durch einwandernde »Achäer« (Mykener). Neue Formen der Keramik, die auf der rotierenden Töpferscheibe gefertigt werden (Minyische Ware, Mattmalerei); beginnender kretischer Einfluß (Einfuhr und Nachahmung von Kamareskeramik)

um 1600–um 1500 v. Chr.
Frühmykenische Periode (erster Abschnitt der Mykenischen oder Späthelladischen Kultur = Späthelladikum I). Entwicklung Mykenes zu einem bedeutenden Zentrum, daneben andere Fürstensitze auf dem griechischen Festland (Tiryns u.a.). Schachtgräber mit reichen Beigaben (Waffen, Schmuck, Gesichtsmasken) und erste Palastbauten in Mykene. Blüte verschiedener handwerklicher Techniken (Bronze- und Edelmetallverarbeitung, Siegelschneidekunst, Keramik). Starker kretischer Einfluß

um 1500–um 1400 v. Chr.
Mittelmykenische Periode (= Späthelladikum II). Beginn der Fürstenbestattung in Kuppelgräbern; früheste Beispiele mykenischer Wandmalerei. In der Mitte des Jahrhunderts oder bald danach übernehmen die Mykener die Macht auf Kreta. Mykenische Fürsten residieren in Knossos.

um 1400–um 1300 v. Chr.
Erste Phase der Spätmykenischen Periode (= Späthelladikum III A). Mykenische Verwaltungstexte in Linear-B-Schrift. Blüte der Palastwirtschaft. Die Mykener übernehmen von den Minoern den Fernhandel zur See und zu Lande und bauen ihn aus. Bau der »kyklopischen« Festungen in Mykene und Tiryns, Paläste in Pylos und Theben. Höhepunkt der mykenischen Macht

um 1300–um 1200 v. Chr.
Zweite Phase der Spätmykenischen Periode (= Späthelladikum III B). Erweiterung und Verstärkung der Festungen von Mykene und Tiryns. Bau des Löwentores und des »Schatzhauses des Atreus«. Schwächung der mykenischen Staaten durch innere Auseinandersetzungen. Trojanischer Krieg (Ende des 13. Jahrhunderts v. Chr.)

um 1200–um 1150 v. Chr.
Dritte Phase der Spätmykenischen Periode (= Späthelladikum III C). Eindringen von Volksgruppen aus dem Inneren Europas (Dorische Wanderung). Zerstörung der mykenischen Burgen und Paläste. Ende des mykenischen Zeitalters und der gesamten griechischen Bronzezeit

Chronik alter Kulturen am Mittelmeer von 2000 v. Chr. bis 1000 v. Chr.

	GRIECHISCHES FESTLAND	KRETA	KLEINASIEN
2000	»Einwanderung der Achäer«. Urgesellschaftliche Verhältnisse bestehen weiter.	Staatsentstehung. Zeit der älteren Paläste (2000–1700). Paläste in Knossos, Phaistos und Mallia. Kamareskeramik (19.–18. Jh.)	Assyrische Handelsniederlassungen. Viele kleine Fürstentümer. Einwanderung der Hethiter
1800	Sogenannte Mittelhelladische Kultur. Minyische Keramik	Zeit der jüngeren Paläste (1700 bis 1375). Paläste in Knossos, Phaistos, Mallia, Kato Zakro, Chania	Älteres Reich der Hethiter (ab 1650). Hattuschili I. und Murschili I. sind bedeutende Herrscher.
1600	Mykenische oder Späthelladische Zeit (1600–1150). Staatsentstehung. Schachtgräber, ab 1500 Fürstenbestattungen in Kuppelgräbern	Blütezeit des minoischen Kreta. Vulkanausbruch auf Thera (um 1500). Eroberung Kretas durch die Mykener (um 1450)	Schwächung des hethitischen Staates durch innere Machtkämpfe. Erneute Festigung durch Thronfolgeerlaß des Telipinu (um 1525)
1400	Blütezeit der mykenischen Kultur. Burgen werden stärker befestigt. Mykene wird führende Handelsmacht im östlichen Mittelmeer.	Palast von Knossos wird endgültig zerstört. Kreta ist mykenische Provinz. Ende der Bronzezeit	Schuppiluliuma I. begründet nach 1380 jüngeres Reich (Großreich) der Hethiter. Schlacht bei Kadesch zwischen Hethitern und Ägyptern (um 1275). Trojanischer Krieg?
1200	»Dorische Wanderung«. Zerstörung der mykenischen Burgen. Beginn des »Dunklen Zeitalters«	Dorer erobern Kreta. Beginn der Eisenzeit	Ende des Hethiterreiches. Seevölkerbewegung

ÄGYPTEN	SYRIEN/PALÄSTINA	MESOPOTAMIEN	
Mittleres Reich (1991–1785). Trockenlegung des Fayum zur zusätzlichen Gewinnung landwirtschaftlicher Nutzfläche	An der syrischen Küste zahlreiche Handelsstädte (z. B. Byblos, Ugarit). Enge Verbindung zu Ägypten	Bedeutende Stadtstaaten: Assur (in Nordmesopotamien), Isin und Larsa (Südmesopotamien). Anfang des altbabylonischen Reiches	**2000**
Erneuter Zerfall des einheitlichen ägyptischen Reiches. Nach 1650 Fremdherrschaft der Hyksos	Großkönigtum von Jamchad mit Aleppo als Hauptstadt. Um 1650 erobern die Hethiter Nordsyrien.	Zeitweilige Einigung Mesopotamiens unter Hammurapi von Babylon. Gesetzessammlung. Einfall des Bergvolkes der Kassiten	**1800**
Vertreibung der Hyksos. Neues Reich (1551–1080). Unter Thutmosis III. (1490–1439) erreicht das wiedervereinte Ägypten seine größte Ausdehnung.	Weiteres Vordringen der Hethiter bis Aleppo (1594). In Ugarit besteht eine minoische Handelsniederlassung.	Herrschaft der Kassiten in Babylon. Oberhoheit der Mitanni in Nordmesopotamien (Assyrien)	**1600**
Zuspitzung der Machtkämpfe zwischen Pharao und Priesterschaft unter Amenophis IV. (Echnaton). Ramses II. schließt Friedensvertrag mit Hethitern.	Syrien unter Oberherrschaft der Hethiter (bis 1200). Alphabetschrift (30 Zeichen) in Ugarit	Hethiter besiegen die Mitanni (um 1350). Assyrien erlangt Selbständigkeit zurück (mittelassyrisches Reich) und herrscht auch zeitweilig über Babylon.	**1400**
Seevölkeransturm wird zurückgeschlagen. Nach 1080 Zerfall des Neuen Reiches. Beginn der Spätzeit	Seevölkerbewegung. Rege phönikische Handelstätigkeit. Vereinigtes Königreich von Israel und Juda	Wiedererstarken Babylons unter Nebukadnezar I. Der Assyrerkönig Tiglatpilesar I. dringt bis zur Mittelmeerküste vor.	**1200**

Inhaltsverzeichnis

Karten auf Einbandinnenseiten von Wolfgang Mühlberg
Gesamtherstellung: Sachsendruck und Verlag GmbH
Printed in Germany
ISBN 3-358-02015-0

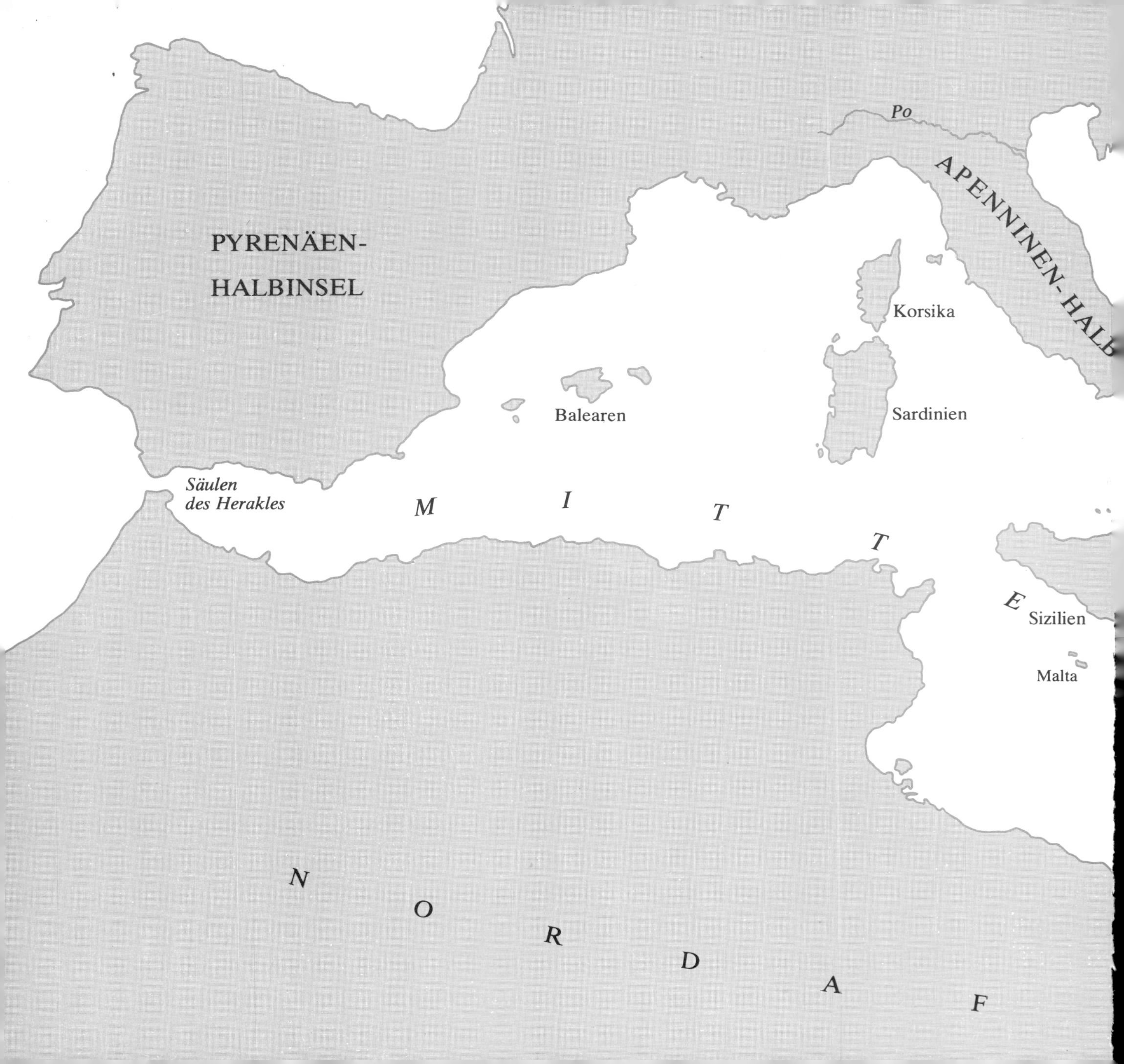
PYRENÄEN-
HALBINSEL
Po
APENNINEN-HALB
Korsika
Balearen
Sardinien
Säulen
des Herakles
M I T T E
Sizilien
Malta
N O R D A F